NÓS

POESIAS PARA TARDES ENSOLARADAS

VOLUME II

NÓS

POESIAS PARA
TARDES ENSOLARADAS

lura

Copyright © 2024 por Lura Editorial.
Todos os direitos reservados.

Gerentes Editoriais
Roger Conovalov
Aline Assone Conovalov

Coordenador Editorial
André Barbosa

Preparação
Débora Barbosa

Diagramação
Manoela Dourado

Capa
Lucas Melo

Revisão
Gabriela Peres
Bianca Marcotti

Todos os direitos reservados. Impresso no Brasil.

Nenhuma parte deste livro pode ser utilizada, reproduzida ou armazenada em qualquer forma ou meio, seja mecânico ou eletrônico, fotocópia, gravação etc., sem a permissão por escrito da editora.

Dados Internacionais de Catalogação na Publicação (CIP)
(Câmara Brasileira do Livro, SP, Brasil)

NÓS Vol. II - Poesias para Tardes Ensolaradas / organização Lura Editorial. -- 1.ed. -- São Caetano do Sul-SP : Lura Editorial, 2024.

208 p.

Vários autores
ISBN 978-65-5478-181-7

1. Antologia 2. Poesia I. Editorial, Lura.

CDD: B869.6

Índice para catálogo sistemático
I. Poesia : Coletânea

[2024]
Lura Editorial
Alameda Terracota, 215. Sala 905, Cerâmica
09531-190 – São Caetano do Sul – SP – Brasil
www.luraeditorial.com.br

"Os nós são mais do que simples amarras; são histórias entrelaçadas, que mantêm o barco seguro em qualquer tempestade."

SUMÁRIO

NÓS DE AREIA 19
 Alda Lucia Pacheco Vaz

ANTES, DEPOIS, VOCÊ 20
 Albuquerque Lis

SINGULARIDADE 22
 Aline Hortolan

MEU SONETO 23
 Almico

VIENNA 24
 Amália Costa

ETERNAMENTE SOL, AREIA E MAR 26
 Ana Clara de Souza Mickus

NÓS 28
 André Borba

SABEDORIA DOS PÁSSAROS 29
 Angela Moreira

ARDENTE DESEJO 30
 Anildes Ribeiro

CATARSE 32
 Antônio Cordeiro

NÓS DE IRONIA NO FIO DA VIDA 34
    Artur Hermano

ENTARDECER 35
    Boaventura Alves

NÓS & ALGUÉM 36
    Carissimi, João

SOB O SOL DA TRINDADE: O AMOR EM NÓS 38
    Caruanã

ÁGUA, SILÊNCIO E SOM 40
    Carla Lacerda

TARDES QUENTES 41
    César de Tonet

RECORDAÇÃO DE FIM DE TARDE 42
    Celina de Oliveira Barbosa Gomes

A POESIA É UM ATO DE RESISTÊNCIA 44
    Chico Jr

SEM FINAL 46
    Clara Jamil

GAIOLAS NUNCA MAIS 48
    Claudia Maria de Almeida Carvalho

PERCURSO DA VIDA 49
    Cris de Paula

TER OU SER 50
    Cris Pedreira

NÓS...53
  Cristina Cury

IMPERMANENTE..54
  Cris Vaccarezza

POESIA, PRESENTE!..56
  Crys Mendes

PIONEIRIA DOS AFETOS...57
  Dâmaris Moraes Moreno

CORAIS SOB O SOL...58
  Daniela Mota

APOGEU D'ALVORADA..59
  Dixon Guerra

VIDA...60
  e.mercuri

SETEMBRO..61
  Edson Firmino

UM ROMANCE EM DUAS TARDES..............................62
  Eduardo Worschech

TARDES DE VERÃO..64
  Eduardo Albuquerque

A-MAR...65
  Eliana Azevedo Sarmento

DESATA OS NÓS, SE SOLTA....................................66
  Elaine Franco Melo

ENCONTREI O AMOR 68
Erica Herculino

ARACÊ 70
Érica Santos

OS "NÓS" DA VIDA 72
Elza Maria Vidal

NOSSO DESTINO 73
Etelvino Pilonetto

UMA TARDE PARA NÓS 74
Evandro Ferreira

TARDE SAUDOSA 75
Evandro Leão Ribeiro

O CONVITE 76
Fabrizia Rosa dos Santos

FOLHA SECA 78
Fátima Fontenele Lopes

NOTAS DE SILÊNCIO 79
Fernanda Araújo

O SENTIDO DA ORIGEM 80
Fernando José Cantele

QUEM SOU EU? 81
Frank Silva

PARAÍSO 82
Gil Lourenço

EU PRECISO DE VOCÊ 83
   Gildo Souza

NÓS 84
   Glícia Poemago

O DIA MAIS BRILHANTE 85
   Grazieli Cunha

NÃO HÁ MAIS TEMPO 86
   Heloi Lima

TU E EU 87
   Henrique de Oliveira

LABIRINTO 88
   Hevian Lopes Ferreira

É VERÃO 90
   Hilda Chiquetti Baumann

AH, O SOL 91
   Hilda Przebiovicz Cantele

À TARDINHA 92
   Iara Oliveira

FLOR E SER 93
   Isabella Hobi Demari

UFANIA 94
   Iramildo Castro

O TEMPO E O MAR 96
   Jane Barros de Melo

OS NÓS DO TEXTO 98
    Jamile Marinho Palacce

TEMPO, CADÊ VOCÊ? 99
    Jhennyfer Stanhoski

POEMA DE CORDA 100
    Jorge Bernardino de Azevedo

INDISTINTO 102
    Jonas Martins

NÓS - SERTANEJOS 103
    Jose Carlos Nantes

JAMAIS OUTRO ALGUÉM 104
    Jota Cruz

RAGNAROK 106
    Júlia Mateus

A CULPA FOI DO TEMPO 108
    Josy Lamenza

JANELAS 109
    Júlio Goes

QUANDO TEMOS TEMPO 110
    Karina Zeferino

BRAILLE 112
    Karina Sardinha

SEM AMARRAS DO NÓS 113
    Katyanne Silva

ACONTECERÁ 114
   Laíze Damasceno

NÓS 115
   Lazhel Castro

DUAS CABANAS DISTANTES 116
   Leandro Mota

DESATADOS 117
   Leandro Mota

PELOS NÓS DAS GARGANTAS 118
   Leandro Mota

VIAGEM NO TEMPO 119
   Leonardo Christofoletti

CÁPSULA DO TEMPO 120
   Loanda Abdon

NÓS 121
   Loide de Azevedo

NÓS DO DESTINO 122
   Lucimara Paz

NÓS E O TEMPO 123
   Marcela Lima

CASA 124
   Marcone Rocha

PAPO DE GONGOLO 125
   Marcos Dertoni

MAR ALTO 126
    Marcus Nobre

NÓS - E NÓS 127
    Maria Alice Ferreira da Rosa

NAS BRUMAS NO RIO TEJO 128
    Maria Alzira Leite

TARDES INESQUECÍVEIS 131
    Maria do Carmo Rezende Procaci Santiago

NÓS E OS NÓS 132
    Maria do Carmo Rezende Procaci Santiago

PROMPT DE NINAR 134
    Marison Ranieri

SINFONIA DA SAUDADE 135
    Marli Ortega

VAZIO 136
    Martha Sales

GALOPE 137
    Melissa Nasser

MARATONA 138
    Melissa Nasser

LITORAL 140
    Monica Chagas

A PRAÇA DA MINHA RUA 142
    Murici Criscuoli do Prado Flores

ÁGUAS DE MAIO 144
    Murici Criscuoli do Prado Flores

QUANDO AS ÁGUAS PASSARAM AINDA ERA OUTONO 146
    Murici Criscuoli do Prado Flores

ATRAVESSADA 148
    Nanda Forte

AMOR E LUZ 150
    Nanda Forte

A MENTE GUARDA O AMOR 152
    Nanda Forte

NÓS 154
    Neusa Amaral

MUNDO EM SÉPIA 156
    Newton Dias Passos

TEMPO 158
    Nice Scheffler

AMADO VERÃO 159
    Olavo Dainez

O DESPERTAR 160
    Patricia Rejane

AS PRIMÍCIAS 162
    Patricia Rejane

NÓS DOIS! 164
    Pedro dos Santos Ribeiro

QUE O NÓ CURE O NÓS 166
Pietra Izidoro

PRA TODA VIDA 168
Raimunda Gonçalves

CONJUGAR 169
Regina Guerra

AO PÔR DE NÓS 170
Renilde Fraga

AQUI DENTRO 171
Ricardo Pegorini

NÓS CRÍTICOS DE NÓS 172
Rilva Lopes de Sousa Muñoz

NÓS DE NÓS 174
Ronaldson/SE

A SERRA DO ESPINHAÇO 176
Rosalia Cavalheiro

A SERRA DO MAR 178
Rosalia Cavalheiro

NÓ DE PINHO 180
Rosana de Mello Garcia

LABIRINTO 181
Rosana de Mello Garcia

COMO DESFAZER ESSES NÓS
QUE ESTÃO DENTRO DE NÓS? 182
Rosauria Castañeda

MARÍ(N)TIMO 184
  Rose Machado

NÓS, FRAGMENTOS DE ETERNIDADE 185
  Roseli Lasta

ENTRELAÇOS 186
  Rubiane Guerra

MAR AMAR 187
  Ruy Tostes Neto

TARDES DE DOMINGO 188
  Samantha Graziele Soares

ABRAÇOS 189
  Sandra Memari Trava

PERMITA-SE 190
  Simone Machado

AMOR ENTRE DUAS ALMAS! 192
  Simone Romano

APELOS DE UM RIO 193
  Suetônio Mota

COEXISTÊNCIA 194
  Tato Carboni

ASSIM VIVO O AMOR 196
  Valdenilson Woitechen

CONSTRUIR AMOR 198
  Valdenilson Woitechen

PRO DIA QUE VEM..200
　Valquíria Carboniéri

INFINITA LUZ...201
　Valterlucio Bessa Campelo

AO SABOR DAS ONDAS..202
　Viviane Lima

NÓS..203
　Vladimir Queiroz

NÓS ENTRE NÓS..204
　Wagner Caprini

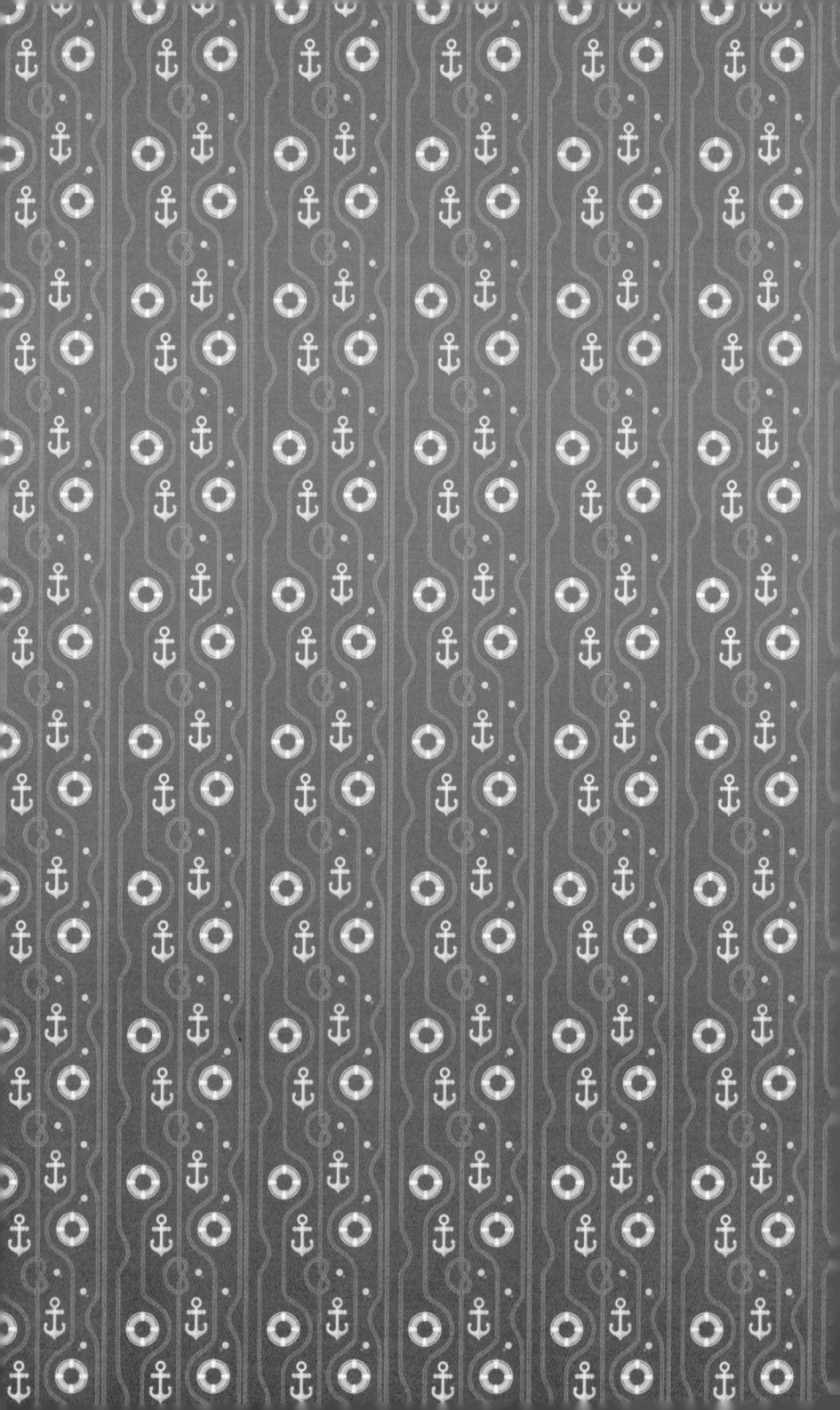

NÓS DE AREIA

ALDA LUCIA PACHECO VAZ

Não imaginei que seria assim...
Aos poucos, tudo se desfez outra vez
Pelas mesmas mãos que um dia
Trouxeram flores, anéis,
E a possibilidade de ser feliz.

Agora, são histórias do passado,
Um sol quase apagado, dividido em estrelas.
Um espelho quebrado, jogado na areia,
A imagem destruída de uma princesa
Ferida, desfazendo o nó.

Chorou a sua falta pela última vez,
Olhou para a frente e jogou suas vestes ao mar.
Não lamentou, não hesitou,
Revirou as pontas molhadas de areia,
Os fios desatados, querendo ser nós.

Nós de areia, desfeitos, pulverizados,
Laços do passado, arriscando outro nó,
Recuperando a essência, ausências,
Recolhendo os encantos
Nascidos do pó.

ANTES, DEPOIS, VOCÊ

⛵ ALBUQUERQUE LIS

Sábado à tarde é proposta excelente:

Sol amarelo, gema de ovo; nuvens brancas como pano alvejado

O azul, diluído, idêntico aos esmaltes que usava aos quinze.

Outono aqui não é marrom, folhas não caem, acácias resplandecem

Acarinhei minha juba loira esvoaçante, grande orgulho.

Agarrei-me à cama não dividida com ninguém, além dos cachorros

Não li o livro que comprei. Estou mudada, penso.

Falta algo ao cenário, falta muito, falta você.

Não temia nada: desafio vinha, encarava, sem espaço ao medo.

Hoje ele apareceu, floreado pelo pavor de deixar de existir

Inexistente, não mais terei você comigo.

Deixei de ser muitas coisas antes de você chegar
Boba sempre fui. É uma confissão, aceite!

Fico fraca, fraca mesmo, quando sua boca aproxima do pescoço

Quando seu nariz arrebitado, irritantemente perfeito, encontra os decotes

E depois o fecho da saia,

Finalmente, a renda da roupa de baixo.

Não faz sequer vinte e quatro horas
Que te perdi do alcance dos olhos. Quero mais.
Não mais me resumo a mim mesma, como em contos.
Sou romance. Que delícia viver tantas páginas.

Saudade é disparate, eu sei! Aprendi e agora já chega.
É que no intervalo em que escrevi esse texto
Faz mais meia hora que estou longe de você.

SINGULARIDADE

ALINE HORTOLAN

Fecho os olhos e sinto o vento alvoroçar os meus cabelos.

O dia está inigualável, que sensação inusual!

Assentir este toque estritamente natural sensibilizou-me fluir neste poema.

Desejaria permanecer assim por longas tardes ensolaradas.

Descontraída, desprendida, leve e despojada.

Pois o sol é o irradiador do meu sistema planetário, a luz da minha vitalidade.

Minha expressão atilada rege solidez e estabilidade.

É o princípio da cristalização na busca da compatibilidade.

Um pouco de sabedoria adquirida por experiências vividas e frustrações superadas.

Saber esperar o momento certo de uma palavra ponderada, suavizando minha serenidade emocional.

Em uma noite calma, uma mente vaga permite julgar-se como um sinóptico diante deste universo!

MEU SONETO
 ALMICO

Um texto de normas puras
Na escansão descobri
Ao separar tuas formas
Que és soneto pra mim

Em quatro linhas o encanto
Por um momento vivi
Seguindo mais quatro versos
Estava perto de ti

Três frases pintaram a esperança
Um amor sonhado nascia
Nas três orações que encerraram

A negação de uma voz
Deixou meu peito entre nós

VIENNA

 AMÁLIA COSTA

E no peito se instala a saudade
Novas tatuagens e rebeldade
Sentimentos na pele, na flor da idade
Em camadas de cinza e sombreados na verdade

Eu sei que posso me garantir?
Quem fui eu antes de tu partir?
Consegue o meu grito silencioso ouvir?

Eu grito por Vienna, pela paz e pela noite serena
Na esperança de que o átomo volte para as estrelas
Quem dera sumir por uma centena
Sem querer haja na consciência uma sentença

Me afogando com o próprio ar
O Diabo precisa de muito mais que um passado para me atormentar
Olhos frente à guerra, você está pronto para me derrubar?

A vida é assim, nos desencarnamos aos afetos e aprendemos com os carrascos

Eu ainda lembro do dia que queria da minha vida desapegar

E o único álibi foi Cristo e a escrita para o sangue estocar

A todas essas crises eu posso suportar

As tristezas e as culpas na cruz eu vou colocar…

Para as pessoas intensas, viver é um preço alto a se pagar…

ETERNAMENTE SOL, AREIA E MAR

ANA CLARA DE SOUZA MICKUS

a praia
paraíso
abrigo
momento vívido e eterno
um sonho ilustrado no espelho
entre o mar e o céu
o sol se encontra com as águas
que engolem os raios dourados
e fazem seu interior brilhar
cada ida à praia é inesquecível
o mar é único a cada vez
e a sensação sempre se renova
e afinal é assim,
você chega de coração aberto e mente cheia
sai com sua alma abraçada pelo véu da maresia
e a mente só inundada pelas ondas
a areia macia que acaricia os pés
e a brisa que balança seus cabelos
cantando uma música de ninar
para cada um pode ter uma pincelada

as únicas ondas que o mar transmite
contudo o que é para todos
é o abrigo no qual a praia nos envolve
e promete cada vez que voltarmos ser melhor
uma tarde assim
durando horas
dura uma eternidade
quando nossa companhia é
família, areia, mar, sol e brisa
a corrida ao vento para os ponteiros do relógio
e nós estaremos lá para sempre
sorrindo e acariciados pela ventania e o cheiro do mar
até o infinito que o oceano abraça, e muito, muito
além

NÓS

ANDRÉ BORBA

entre nós
o oceano
eu, girino
açoitado pela chuva
tu, sereia
em playa dorada
dois pontinhos
perdidos no planeta
sem seta que nos una
tracejado que conecte
igualmente ilhados
tu sob um coqueiro
eu sobre o banhado
ufa, reclamo
não dá nada
volta de pronto e
traga um regalo:
uma tarde ensolarada

SABEDORIA DOS PÁSSAROS

 ANGELA MOREIRA

Um passarinho me contou que ainda pensas em mim
Trouxe-me provas, um postulado completo
Que joguei pelos ares, que fiz questão de esquecer
Fiz troça das informações
Fingi ter acatado as ordens do meu coração e menti
Menti para o mundo que não mais te amava
Justifiquei-me com frases tão vazias
Gritei para o mundo que te esqueci
Um esquecer mal dissimulado
Um não querer tão falso quanto as minhas forças
De torná-lo algo do passado
E o passarinho se foi contrariado pela ingratidão
Voou ligeiro, se perdeu no céu, se esqueceu de mim.
Agora em vão procuro o mensageiro,
Para dizer que ainda existe amor
Que a dor persiste porque existe amor
Que meu mal foi não acreditar que as pessoas mudam
Que se arrependem do que não fizeram
E choram escondidas por um amor
Que só os passarinhos percebem.

ARDENTE DESEJO

ANILDES RIBEIRO

Seus lábios me chamam
a um universo desconhecido,
diferente de tudo o que sinto
me desafiam nas nuances
de um aparente não-querer.
Ou por bem dizer,
de um querer que se disfarça
nas coerências do que deve ser.

Mas por que não dizer a você
tudo que estou sentindo
O desejo que me queima a alma
em fazer de você o meu bem-querer

Se não consigo entender o meu sentir
entre as contradições que me atravessam o coração
talvez não seja o que sinto
mas o que esse sentimento precisa traduzir
para que eu tenha paz em mim
e possa vivê-lo sem medo
fazendo do meu desejo um pleno viver contigo

Sem problemas ou vãs filosofias
Simplesmente com a chama que faz você existir dentro de mim
E me arrebata, me compele ao tocar seu rosto bronzeado
e sentir a sua pele
Um mar de emoções me refaz, transborda-me a alma
Incendeia-me!

CATARSE

ANTÔNIO CORDEIRO

Quem se entrega nesta vida ao prazer de escrever,
Atravessa, sem querer, a tênue linha entre o vício e o prazer.
Quem faz da poesia um ofício sabe que escrever é uma forma de esquecer.
Escrever com artifício é muito mais que viver, é uma forma de jamais morrer!

Em verso, rima ou prosa,
Quem escreve com sacrifício delira e goza!
A palavra dita fascina, mas no tempo perde a rima,
A palavra escrita se eterniza e para sempre ganha vida.

Viva a poesia!!!

Eu escrevo para ser,
Para me consertar e aprender,
Eternizar meus pensamentos,
Me livrar dos meus tormentos.

Escrever é uma catarse,
Que mesmo sem pretensão,
Faz da dor e da lesão,
Um poema com tesão!

Do momento em profusão,
Que parece triste, mas beira o belo,
No verso que se torna o elo,
Entre o tempo e a razão.

A catarse do coração!!!

NÓS DE IRONIA NO FIO DA VIDA

⚓ ARTUR HERMANO

Antes de te conhecer, eu secretamente
Rezava pra te ver, pra você existir
Pra que não fosse apenas sonho fabricado
Pela ganância ocidental

Através daquela janela que até hoje insisto em olhar
Nós tivemos o céu
Paraíso que queimou e virou inferno
Quando você fugiu em busca de segurança

Semanas sangrando no tridente de um diabo qualquer
Finalmente me libertei
Eu mesmo virei um diabo qualquer
Torturador da fraca Esperança
Que rasteja e vomita sangue, mas não morre

Maldita, ela enche o fio da vida com nós de ironia
E na multidão fez nossos fios se cruzarem de novo
Esfregou teu rosto na minha visão periférica
Quando eu secretamente rezava
Pra você não existir, sumir, pesadelo desajustado
Pela ganância ocidental.

ENTARDECER

BOAVENTURA ALVES

Entardeceu
Estou na janela igual moça à espera
De namorado, suspirando com olhar perdido
No coração achado no baile de primavera
Curtindo os pássaros coloridos em vários tons,
O céu azul que se encontra com o mar,
O barulho silencioso dos carros elétricos
E os girassóis que me fazem lembrar da canção
Do Milton e seus tons geniais.
Suspiro,
Respirando um ar quente e pueril
Que me invade pelos poros abertos n'alma
E circulam por todo o meu corpo renovado e senil.

NÓS & ALGUÉM

⛵ CARISSIMI, JOÃO

NÓS somos estrelas amadas. Nós Somos Vida.
Presença marcante nos espaços, lugares, cidades e lares de Nós.
A verdade nos mantém no tempo do grande amor *nostri*.
NÓS do esperançar. Sonhar por alguém entre nós.

Alguém na terra plana espalha mentiras.
Vive em redes de nós: fakes.
Ervas daninhas, malfeitores, traidores de uma mãe gentil.
Causa ódio, morte e sofrimento. O mito é míope.
Alguém caia no esquecimento.

NÓS por merecimento. Nós por liberdade. Nós por igualdade.
Somos humanidade. Nós avisamos e com certeza enfrentamos.
O desonesto, o corrupto, o mentiroso. NÓS espraiamos conhecimento.

A mãe-natureza acusa a especulação imobiliária, o negacionismo, o plano diretor.
Não ocupe o nosso espaço. Não temos coração de aço.
NÓS perdemos tudo. Móveis esfarelam. Casas viram pó.
Nós humilhados. O choro transborda o rio Guaíba.
Ondas de lágrimas retornam da Lagoa dos Patos.
Nós levantamos tudo. Salvamos nossa identidade.
Nós colocamos naquele velho saquinho plástico.
Nós não somos mágicos. NÓS verdade.
Alguém tóxico. Espalha mentiras por nós falsos.
E torna o viver Trágico.
NÓS. Nós somos muitos. NÓS. PRESENTE!

SOB O SOL DA TRINDADE: O AMOR EM NÓS

🚢 CARUANÃ

Na tarde dourada, sob o manto da Trindade abençoada,
Uma mulher negra dança na natureza enamorada.
O eu, ardente, fácil ter o coração por ela cativado,
Em seus versos, seu amor é proclamado e celebrado.

Entre folhas e flores, ela é a própria poesia encarnada,
Nanã, mãe ancestral, abençoa essa união abençoada.
Seus olhos são como rios, seu sorriso, um sol a brilhar,
No peito do poeta, ela veio para sempre habitar.

Na cachoeira, segredos sussurram. Nossas memórias ecoam, ternas.
Só nós, segredos guardamos. Águas fluem, eternas.
Entre pedras, juras trocadas. Nosso refúgio secreto, amado.
No eco das promessas, suave. Ali, Oxum guarda nossos segredos.

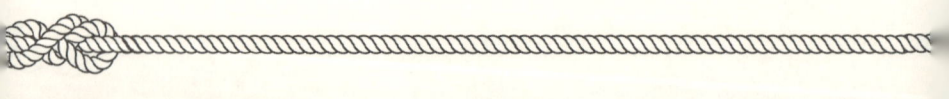

Oh, mulher negra, radiante como o sol poente,
Em teus braços, encontro meu refúgio, meu presente.
Na tarde ensolarada, sob a graça da Trindade,
Amar-te é minha sina, minha eterna felicidade.

Que tua presença seja meu guia, meu farol a brilhar,
Nanã, em tua bênção, nosso amor há de perdurar.
Na tarde ensolarada, sob a luz da Trindade,
Mulher negra, és minha musa, minha divindade.

ÁGUA, SILÊNCIO E SOM

🚢 CARLA LACERDA

Vá até o mar e salgue os pés.
Acarinhe as águas com a palma das mãos.
Desate os nós quando a língua da onda te lamber as costas.
Deite-se, sem pudor algum, sobre a fina lâmina de água sagrada.
Narinas levam o ar para o aqui e agora.
Devore a boca num beijo de sol, cheio de sal.
Nos dedos o abraço suave e divino.
Por entre as pernas, a certeza do ventre.
Nos olhos fechados, o som consciente.
Nos ouvidos, o espelho.
Nesse profundo e assustador silêncio há vida pulsante, quase ensurdecedora.

TARDES QUENTES
CÉSAR DE TONET

Tardes quentes, barco e mar.
Olho no olho, faísca de amor.
Acalenta-me e vem me abraçar.
Toque de pele e cheiro de suor.

Seu cândido pescoço, eu roço,
Deixando rastro de imaginação.
Convite. O momento é só nosso.
Doce suspiro e afago ao coração.

Não há outros, unicamente nós.
Leito, seleta abóbada primaveril.
É nosso desígnio ficarmos a sós.
A paixão não dá espaço ao fastio.

Palavras carinhosas e sedutoras,
E o zéfiro entoando uma canção.
Sob paisagem tingida, inspiradora,
Dois corpos em contínua ebulição.

Casta lembrança e um alimento
Do bom tempo de adolescente.
Inesquecível e nobre fragmento.
É vida, divagação e alegre deleite.

RECORDAÇÃO DE FIM DE TARDE

⛵ CELINA DE OLIVEIRA BARBOSA GOMES

Pausa no tempo que vale dinheiro, um flash, emoção.
Entre escritos teóricos, quadros de loucura, de desejo.
Resíduos de uma fome intensa saciada pela paixão
De quem precisa e não se contenta só com um beijo.

Embargados pela diástase da vida e das convenções,
Os sentidos e vontades são sufocados pelos suspiros
Liberados ora por lamento pelas incompreensões,
Ora pela performance explosiva de um vampiro.

Para o espaço do passado, guardado no pensamento,
São levados, toda vez que precisam se tocar.
Corpos presos, mas consciências livres de impedimento,
Mesmo à tarde, no fastio do dia, podem se achar.

Porque esse delírio é feito de palavras, de imagens,

De carne, sentidos, suspiros, olhares, arrependimentos,
Promessas silenciosas negadas pela metalinguagem
De emoções que se esquivam de um comprometimento.

A despeito do medo, abrupta e violenta se coloca a saudade,
Que obriga prescindir da razão e do trabalho no instante.
No fenecer do dia, a lembrança lapida a vaidade
De quem é secretamente devorada por um diletante.

Mundo real e virtual, então, derrubam suas fronteiras.
Nada mais importa do que estar, em pensamento, a sós.
Segundos mentais remetem a carícias e confissões lisonjeiras
Feitas em momentos em que a existência resume-se a "nós".

A POESIA É UM ATO DE RESISTÊNCIA

 CHICO JR

O poeta é um lavrador das letras.

Ele as cultiva com seus pensamentos, com suas angústias, com suas dores e suas alegrias.

Com sorte, a sua dedicação inspira o florescer das palavras que brotam dos corações empáticos daqueles que se importam.

A palavra que não aprisiona e não limita conscientiza.

É ela que aguça o perceber mais e além, saciando a ânsia do poeta por escrever, e dessa inquietação nasce a poesia.

Toda poesia é um ato de resistência.

É ela que dá forma ao que é imaterial que habita o íntimo do poeta.

A poesia é um grito de loucura, de vontade de viver e de não viver.

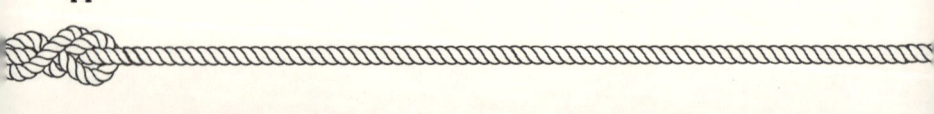

É assim que eu te enxergo!

Essa dor cega-me os sentidos!

É desse jeito que eu te acolho!

É assim que eu te nego!

Nós necessitamos desesperadamente dessa loucura que cura o indivíduo dessa sanidade pasteurizada que nos encarcera.

Nós precisamos desesperadamente beber dessa fonte que jorra em abundância dos corações desses loucos, os poetas.

SEM FINAL
⛵ CLARA JAMIL

com as pontas dos dedos
enrolei palavras em seus cabelos
respirei seu suor e me alimentei de sua pele
minha língua sussurrou promessas ao seu peito

teci beleza para adornar seu corpo
fiz seus olhos brilharem de tanto amar
construí nós firmes para enlaçar nossas almas
me fundi em suas tatuagens e me fiz saliva em sua boca

você me chama de passado
mas eu moro no vazio do seu coração
suas insônias têm o meu nome decorado
minha voz ecoa em seus arrependimentos

você nos chama de fim
mas diz o quanto revive meu rosto
meu sorriso é a maior das suas dores
seus segredos ainda se abrigam em mim

nossas mãos estão a eras de distância
mas as lembranças transpassam o presente
nossos sonos e sonhos vivem se encontrando
os prazeres um do outro estão gravados no toque das bocas

eu continuo sangrando em você
suas lágrimas se gestam em meu ventre
você segue sua vida comigo embalada em seu estômago
sigo me lamentando com você em todas as palavras que escrevo

GAIOLAS NUNCA MAIS

CLAUDIA MARIA DE ALMEIDA CARVALHO

Paramos de ver televisão
Não nos prendemos à opinião
Ou normas de como viver
Ignoramos sugestão
Não permitimos a entrada de más notícias
Ou discussões alheias
A rotina inexiste.
Nossa vontade insiste
Em um fazer-nos diferentes a cada dia
Cansamos de deixar o relógio
Nossas vidas comandar.
Desligamo-nos dos horários
E dos encontros desnecessários
A mesmice não nos prende
Não podemos mais esperar o amanhã
Para nossa vontade florescer.
Seguimos em frente
Sem nos sentirmos culpados.
Nada nos torna obrigados
A fazer como toda gente
Preferimos continuar livremente
Nossa disposição de
SERMOS *NÓS MESMOS*

PERCURSO DA VIDA

⛵ CRIS DE PAULA

O percurso da vida assemelha-se ao de um rio.

Algumas vezes, nos sentimos fracos, pequenos e impotentes, como o rio em suas nascentes. Outras vezes, caminhamos lentamente, serenos e tranquilos. Para quem olha de fora, parecemos sem vida e parados, assim como os rios em suas planícies.

Às vezes, corremos tanto, fazemos barulho, agitamos tudo em nossa volta, como os rios em suas enormes quedas d'água.

Como os rios, na maioria das vezes, vamos raramente de um lugar a outro por caminhos em linha reta. Damos voltas e mais voltas, deixamos e levamos marcas, algumas agradáveis, outras nem tanto, e aquelas que daríamos a vida para nunca ter. No entanto, são as marcas que nos ajudam no percurso adiante, para saborear a delícia da vida e seguir.

E assim, nossa vida segue, percorrendo lugares, conhecendo pessoas, ensinando e aprendendo...

TER OU SER

CRIS PEDREIRA

Oh, tempo devastador que leva os momentos bons,
Mas não leva a dor de quem perdeu um amor!
Oh, angústia que ocupa o coração de quem sonha!
Oh, vazio que se esconde na multidão!
Oh, o homem que não sabe amar!

Só de pensar me apavora!
Mas, foram-se os tempos que o amor tinha valor!
E impulsionava a vida e o viver.

Neste plano terreno em que nos encontramos.
Guiada pelo individualismo e a solidão.
Tão poucos são os braços que abraçam!
Tão poucas são as pessoas que acolhem!
Tão poucas são as pessoas que amam.

A ganância tomou conta do homem.
O ter vale mais do que o ser!
Ninguém quer saber o que sinto.
Quem sou e para onde vou.

Apenas querem saber o que tenho!
Se não tenho poder aquisitivo, nada sou!
Não sou digno de respeito e atenção.
Sou apenas mais um no meio da multidão.

Simplesmente não posso ser!
Tenho que lutar para ter.
Para alguém me notar e me ver.

Eu sou perdeu lugar para eu tenho!
Ninguém quer, verdadeiramente, me conhecer.
Quer saber apenas o poder que eu exerço na sociedade.

Protesto! Preciso ser eu!
Quero que me amem pelo que sou.
E não pelo que tenho!
Não quero que cobice o meu ter
Peço que ame o meu ser
Meu Deus!
O homem vende sua alma em troca de nada.
Apenas para continuar na batalha do ter.
Conseguir dinheiro e poder.
O ter insiste em destruir o ser.
Nessa guerra consegue imaginar quem vai vencer?

Oh, meu Deus, por que tanta cobiça e desdém
Com quem nada tem?
Se tenho dinheiro, sou alguém
Se não tenho, sou ninguém.
Sem nome e identidade
À mercê da sociedade.

Com um coração cheio de amor
Sentimento que não se encontra por aí
Para com dinheiro compra
Ele é a riqueza que quero acumular.
Nessa guerra de poder!
Insisto em SER.

NÓS

CRISTINA CURY

Ele cozinha enquanto eu escrevo
Cebola, alho e cheiro do bacon
Bailando em meio aos versos
Brisa doce, a calma do lago
A paz do barco no horizonte
Meu bem, o que você quer
Quero tudo que você faz
Céu azul, as nuvens passando
Música na vizinhança
Cochilo na rede e ele vem
Sua voz, seu olhar, o toque
A conversa interminável
As memórias se construindo
Encontro inesperado, a felicidade súbita
Vida lenta degustada
Vem aqui ficar comigo
Vem aqui viver comigo
Abstrai o mundo lá fora
A força da sua presença
Afaga, acalenta, aquece
O pensamento em turbilhão contínuo
Capitula, acalma
E adormece

IMPERMANENTE

CRIS VACCAREZZA

É outono, o vento ameno de final de maio,
combina bem com a praia deserta.
Aqui se senta para raciocinar seus dias.
Aqui se senta, frente ao gigantesco oceano,
para contemplar a própria pequenez.
O mar segue azul, impoluto.
Indo e vindo, enchendo e vazando.
Quer estejamos nós aqui ou não,
o mar seguirá sendo M A R avilhoso.
A ele não importa se as folhas caem
com o vento forte do outono,
Ou se o frio do inverno traz a chuva fina
que tudo rega, aduba e gesta
para desabrochar e renascer na primavera.
Tampouco ao mar importa
se flores desabrocham em terra firme,
a vida desabrocha no mar diuturnamente
e ele segue em seu ir e vir.

Nos dias quentes e tardes ensolaradas de verão,
Multidões se achegam para desfrutar um canto de sol
e mergulhar em suas águas de renovação.
Para tornar a desaparecer no outono, até o próximo verão.
Ao mar não importa estação, ele não está de passagem.
Perene e imenso, ele fica. Nós passamos...

POESIA, PRESENTE!
CRYS MENDES

Te dou de presente poesia
Com o que em mim flui agora
Do caos e da ordem do dia
Eu solto, eu deixo ir embora
Prisão que em mim habitava
As grades eu deixo pra trás
Revela-se uma nova estrada
Cadeados, nunca mais…
Te dou de presente poesia
Com tudo o que faz libertar
Dessa caótica agonia
Que insistia em me calar
Hoje eu falo, eu choro e rio
Rio que flui do coração
Sopro, pulso e assobio
Nas rimas desse refrão
Te dou de presente poesia
Com tudo o que quero falar
Da tristeza à alegria
O meu sagrado expressar
Em poemas, ofereço
Meu afeto, meu pulsar
Ao mundo, ao outro, ao si mesmo
Do meu mais íntimo altar

PIONEIRIA DOS AFETOS

DÂMARIS MORAES MORENO

Lembre-se:
Não é porque alguém te sorriu
Nunca vai te ferir
Relações humanas não são fáceis
Até as que parecem ser
Todas exigem cuidado, conhecimento, técnica
Para existir
Dizem que fazemos laços uns com os outros
Mas laços são frágeis, embora bonitos à primeira vista
Desatam facilmente
Já os nós, não
Como as relações, exigem cuidado, conhecimento, técnica
E são capazes de sustentar estruturas complexas

Talvez por isso o pronome Nós exista
Para apontar logo de cara
Que na construção de nossas relações
Embolamos, nos contorcemos, damos voltas, apertamos
Mas nas tempestades ou na calmaria
Na maré alta ou na maré tranquila
Nós jamais desatamos

CORAIS SOB O SOL

🚢 DANIELA MOTA

De fevereiro, entre março
enquanto vai navegando, eu fico.
Nessa praia cheia de conchas de anseio
palavras nunca sonhadas ou ditas
Ficarei na penumbra de minhas noites sem dormir,
à espera do amor abandonado às ondas,
sedenta em preencher o mar infinito
Lamentarei os mortos e os desaparecidos
mais do que amar os vivos e os ancorados
No mar, o gosto amargo de sangue
permanecerá em minha boca até o mês de julho.
Em algum lugar na mudança dos ventos,
sinto a sede de chegar ao final de agosto.
Tocarei cada cravo e as orquídeas
tentando ao máximo romantizar as sombras
com espinhos e as tulipas
E então, dezembro
queimando a minha carne
com o âmbar do nosso nós
para que eu não me sinta vazio outra vez.

APOGEU D'ALVORADA

🚢 DIXON GUERRA

Encontramo-nos no fim daquela madrugada;
Os nossos corpos em submersão total à aurora.
Sonolento, vislumbrei da janela entreaberta
A luz vaporosa que se derramava naquela hora.

Não me recordo quando foi que o relógio nos traiu,
Os perdedores contra os ponteiros? Você e eu.
A redenção que ansiávamos enfim nos atingiu,
Rendemo-nos ao avassalador momento do apogeu.

A brisa daquele amanhecer em tons dourados,
Sorrateiramente, adentrou a nosso brigada,
Elegantemente vestida de cheiro de mar

Toquei então seu peito em pelos aveludados,
Num instante, a absoluta magia é instaurada
E novamente, o intransigente desejo de amar.

VIDA
E.MERCURI

Vida:
laços
que
se
atam
e
desatam
em
Nós...

SETEMBRO

EDSON FIRMINO

Ainda me lembro
Daquele setembro
Que amareleceu.

Primavera já vinha
Mas a tarde não tinha
Você, nem eu.

Eram tristes as tardes
Agora já não arde,
(Só quando me lembro)

Esperava-a e não vinha
E morria a tardinha
Do triste setembro.

UM ROMANCE EM DUAS TARDES

⛵ EDUARDO WORSCHECH

Foi naquela véspera que o verdadeiro nome teu deslizou pelas suas digitais e alcançou o meu olhar, desviando-se de todos os títulos e menções.

Ainda na antessala de sua presença, cativado pela mescla de sotaques e daquela timidez que sonha ser intrépida; parece que nasci já sabendo da língua do riso.

Lembro que ao sol fiz brilhar, com toda a pompa de uma flor, para mais para frente alcançar o celeste como seu.

Indefectível vestido de verão, reflexo de sua paixão por todo campo a explorar; da maciez no toque ao beijo no cangote; porque prender ou esconjurar, se toda sorte de coisas são assim para sonhar.

Se teria sido a mais falsa presunção, se ao complemento fosse chave da mais bela compreensão; pois ao amor não se sobrepõe nada que o tempo não possa carregar, com seus devaneios idealizadores e seus matizes superestimados.

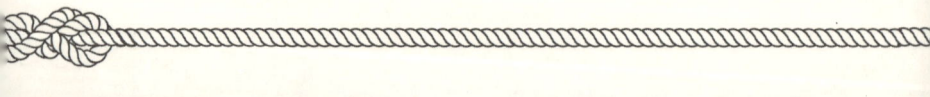

Ao aguardo, que repara e recompõe o assim perdido, mostra que nada se perde quando as portas ainda estão fechadas e suas janelas pouco ou quase nada deixam ver.

Se tudo acontece gradualmente, para subitamente explodir como ressentimento, cabe ao navegante ter seu colete trajado, como se ao naufrágio se seguisse por condução.

Na interdição premeditada, talvez sabia-se que as gerações necessariamente não experimentam as maturações; pois nem todos podem ter o privilégio de ter como veste o mais belo dos carvalhos.

Assim, ao rememorar, o significado primordial manteve-se forte, pois ao lado de cá de toda porteira, a alegria sempre vem carregada do júbilo em compartilhar o que de mais belo pode haver naquele infinitesimal contato com o eterno.

TARDES DE VERÃO

EDUARDO ALBUQUERQUE

Quantos sonhos e paixões
Alimentaram nossos corações
Sentados sonhando doces ilusões
Nos bancos da pracinha de então
Nas tardes de verão, solidão
Sem imaginarmos o que viria
Muito, muito mais que ventanias
Tudo, tudo mesmo se desfaria
Como se fosse mera alegoria
Futuro se transfigurou, alquimia
Meu DEUS não era nada de poesia
Agonia, afasia, entropia, distopia.

A-MAR
ELIANA AZEVEDO SARMENTO

Nas ondas
dos teus lábios
Eu virei
mar

DESATA OS NÓS, SE SOLTA

⛵ ELAINE FRANCO MELO

Me atrevo a sentir a brisa leve,
em um dia de sol no outono.
Um céu de um azul tão distante, gigante,
com pequenas nuvens que parecem algodão,
de tão brancas e tão fofas.

Inclino minha cabeça para trás, como quem preza sonhar,
fecho os olhos um instante, respiro um suspiro, ahhhhh.

Pertenço ao lugar, uma praia, quase, só para eu, desfrutar.
Estendo minha toalha na areia, me sento por um instante,
contemplo o horizonte.
O chapéu de abas largas e os óculos de sol de hastes e
lentes grandes
não me impediram de sentir o vento me tocar.

Me entreguei ao atrevimento, quase devaneio,
Me perceber assim, tão leve, como a brisa que vem do mar.
Logo eu, tão cheia de nós.

Cheia de amarras e nós.
Caminho até o mar, mergulho profundo.
Entre tantos nós, me solto, me entrego, boio.
Jogo os nós em sóis.
A luz do sol penetra em meus olhos fechados.
Meus ouvidos, pouco dentro, pouco fora d'água,
da superfície de quem boia, ouve o silêncio do fundo dizer,
desata os nós, se solta.

ENCONTREI O AMOR

⛵ ERICA HERCULINO

Não posso falar de amor sem falar de nós
Minha vida era tão vazia sem o som da tua voz.

Vivia sem entendimento, sem vida nos pensamentos
Mas agora até poesia me faz florir
Morta em meus desejos, nem mesmo o sol conseguia sentir,
Como uma planta sem água era a minha vida sem ti.

Agora vejo com clareza quanta beleza há em minha volta
Minhas tardes ensolaradas já estás em minha porta
Trazendo luz e esperança, alegria que não comporta
Minha vida tem mais sentido, o teu amor me conforta

Quem nunca desejou um amor assim,
Não quero nem consigo mais te deixar
Estou fascinada, não sei mais como parar
Tu sempre estava tão perto e não conseguia te encontrar,
Como pude ser tão distraída a ponto de não te notar.

Que desperdício de dias sem desfrutar da tua presença

Talvez outros amores tenham me feito te dar a minha indiferença

Prefiro um dia ao teu lado do que milhares sem tua existência

Se demorares a vir esperarei com muita paciência

Com um livro em mãos faço esta oração: não me deixe com tua ausência.

ARACÊ
ÉRICA SANTOS

Curumim
Que só sabe pular entre as folhas verdes
Que ainda resiste na selva de concreto
Busca um canto para aguardar Aram descer

Curumim de olho pequeno
Eçaí
Curioso com o movimento da avenida
Não pisca
E se encanta com o sol
se pondo entre os prédios enormes

Na brincadeira, Curumim encontra Irupé
Com raízes fortes e flores grandes
Lembra de casa
Deixa a saudade invadir

O rio doce que reflete o rosto já triste
Também revela Juçara
No meio da noite
Imponente e alta

Curumim só quer brincar
E abraçar com saudades
O canto de Aracê dizendo
É hora de voltar.

OS "NÓS" DA VIDA

ELZA MARIA VIDAL

Foi num desses "nós" da vida
Que Minh'alma ficou amarrada
E agora não sei como
Encontrar o fio do primeiro nó.

Meu nó enredou-se ao seu
Num longínquo céu de primavera
E em meio às lembranças e desejos
Guardei-os na minha caixa de sonhos.

Por força do acaso ou será do destino?
Em uma primavera igual
Abriu-se a caixa
E as lembranças, desejos e "nós" vieram à tona.
Não adiantou sufocar
A alma esqueceu-se do medo
O coração gritou mais alto
E a razão ficou surda.

Eu e você nos reencontramos
Juntando os nossos "nós".

NOSSO DESTINO

ETELVINO PILONETTO

O destino nos guia.
Depende de nossa escolha.
Precisamos de lucidez.
Foco e decisão.

O Brasil depende de nós.
Nossa decisão será decisiva
O futuro está em nossas mãos.
Cada um tem que fazer sua parte
Somos sempre o país do futuro.
Esse futuro chegará algum dia?

O brasileiro precisa de liberdade,
Para pensar, escrever e falar.
Educação eficaz.
Liberdade de empreender.
Temos esperança de melhores dias
Mudanças, progresso e liberdade.

UMA TARDE PARA NÓS

⛵ EVANDRO FERREIRA

Sob o céu azul, o sol forte se dissolve,
tarde maravilhada, serena e tranquila.
As sombras abraçadas pelas árvores acolhem,
e o dia intenso parece sorrir, enfim.
Os raios dourados iluminam as faces,
e a brisa suave sussurra segredos no ar.
Nas flores, abelhas cuidam com amor e zelo,
e o vento que balança faz o tempo acalmar.
Nuvens isoladas como algodão pairam no horizonte,
enquanto pessoas felizes caminham no parque.
O calor abraça tudo, como um afago intenso,
e a tarde ensolarada mostra-se existente.
É um momento mágico, fugaz, mas eterno,
enquanto o sol se despede, purpureando no seu pôr.
E assim, à tarde que trouxe alegria vai embora,
em meio ao fascínio sereno que a natureza nos traz.

TARDE SAUDOSA

EVANDRO LEÃO RIBEIRO

Bela tarde saudosa
Onde se ouve apenas
O barulho das folhas das árvores
Onde tudo é silêncio
E o meu pensamento
Perde-se pelo adorado mundo dos sonhos
Paro
Vejo ao longe nuvens escurecidas
Minha mente vaga
E os meus olhos fitam
A doce ilusão desta tarde
Que já se finda
Deixando em mim
A triste recordação do teu adeus
Pelo infinito amor que sinto por ti
E que não canso de te esperar
Em qualquer porto do cais da vida
Pois continuo a te amar
Nos sucessos dias de existência
Mesmo que tu sejas
Apenas uma simples ilusão
Perdida em minha mente

O CONVITE

🚢 FABRIZIA ROSA DOS SANTOS

Na batida do cinzel em janeiro a moldou...
A obra, em pedra, era assim...
O convite partiu do céu e chegou ligeiro naquele confim...
Disse o mês do começo mas não a data deste fim...
O contorno daquele dia tinha, como nunca, um brilho perolado...
O olhar que corria campo e prado não dormia.
Com olhos de verdor, sonhou...
O convite fora aceito no momento que a amou...
As manhãs de janeiro eram um calendário alegre e fulgurante...
Dias alcançavam noites...
Pensamento no peito e coração palpitante...
Tudo era ela que se fazia presente...
Em luz, fogo em brasa naquela imensidão...
Ardia e queimava por dentro a acompanhante escuridão...
A transformação a tudo alcançava por tanto querer...
Não sabia acalmar o que ainda não tinha...
Tudo pedia tempo de renovação pelo simples contemplar...
Estava tão perto, mas ainda não podia tocar...

Os dias de sol chegaram em dezembro...
O inverno da alma tocou o horizonte em mar...
Voltou o perolado da vida que ainda lembro do lugar...
Começou em mim e aquele confim éramos Nós em pleno ar...
O convite sempre foi... Amar...

FOLHA SECA

🚢 FÁTIMA FONTENELE LOPES

Sou hoje um tanto faz sem guarida
A revolta da maresia na madrugada
O revoar do passarinho entristecido
A flor amarela murcha na passarela.

A estrada obscura sem passagem
O barco desordenado sobre o mar
O lamento da coruja no anoitecer
A tempestuosa chuva no telhado.

A dor que machuca todo o corpo
O silêncio no caminho da partida
A rosa despetalada da jardineira
Uma folha seca levada pelo vento.

Assim, sou a metade desolada
Navegante do friorento orvalho
Papel machucado rascunhado
O pranto dolorido da saudade.

NOTAS DE SILÊNCIO

FERNANDA ARAÚJO

À margem das tuas retinas,
que não me contenta o tempo
somente observar,
eu te beijo.
Calo-me em teus lábios,
que me molham
assim como teu olhar.

Tuas mãos não me secam.
Soam-me junto à pele,
degustam-me tal qual a boca,
mapeiam-me como os olhos que
cerrados me veem no íntimo.

Não custam teus dedos
a me deslizar os pelos.
Não me banha tua língua
senão em delongas.

Como um milagre infindável
mergulho em tuas
notas de silêncio,
nas quais adormeço
um sonho regado a dois.

O SENTIDO DA ORIGEM

🚢 FERNANDO JOSÉ CANTELE

Desde quando existe
Algo que podemos chamar
de humanidade
A dimensão simbólica
os fenômenos, os sentidos
entrelaçados, ocultos
Por muitas camadas
de evidências e significados
Um comportamento
superficial e profundo
A interpretação e a presunção
uma dicotomia perfeita
Soterrada por muitas camadas
jamais evidenciadas.

QUEM SOU EU?
🚢 FRANK SILVA

Nunca fui alguém
Em minha vida toda
Sempre fui o Eu
Que jamais escolhi ser
Verdadeiramente.
Esse Eu, que eu não era,
Era uma mera pessoa
Pessoalmente frágil
Que eu nunca devia ter sido
Porque bastava eu ser
O Ser, como eu nunca fui
O Ser real e verdadeiro
Que jamais se vê
Como eu nunca via
Em mim apenas uma sombra
Escondida nas palavras
Em que apenas Eu
Apegado à forma
E aos desejos fúteis
Que mal me fazia ver
Mas que era, naturalmente,
A pura Consciência

PARAÍSO

🚢 GIL LOURENÇO

Naquela tarde do bissexto
Ela admirou a própria imagem
O espelho na antiga casa
Convidava à contemplação

A paisagem das ondas ao fundo
Era como um véu de noiva
Sentia a maresia a tocar-lhe
A pele reagindo arrepiada e úmida

O pensamento navegou
Foi longe a outra época
Em que o mar estava entre eles
Mas agora os unia para sempre

O amor aportou naquela praia
E a visagem da mulher refletida
Revelava gozo sereno e plenitude
A solidão ficou do outro lado do oceano

EU PRECISO DE VOCÊ

GILDO SOUZA

Ter você junto de mim
Foi mesmo o que eu sempre quis
Procurar te conquistar
Foi o melhor que eu fiz
Pois sem você não sou ninguém
E ao teu lado sou feliz.

Eu preciso de você
Para não viver amargurado
Você para mim é como o sol
Mesmo estando nublado
Porque em todas estações
De você eu me agrado.

Eu me amarro em você
Cada dia estreita os laços
Em abraços nos atamos
Trama sem embaraços
Somos nós, eu e você
Um enredo de entrelaços.

É que aqui nesse mundo
Eu não sei viver sozinho
Porque é muito difícil
Seguir só pelo caminho
Necessito de amor
Preciso do teu carinho.

NÓS

🚢 GLÍCIA POEMAGO

Entre nós rebentam nós e surgem laços
que se formam no andar de nossos passos
no caminho que criamos ao passar.
Pouco importa se esse andar é separado
ou se vamos bem de perto, lado a lado
pois a estrada vai surgindo ao caminhar.
E no tempo que só mede o que escolhemos
prosseguimos no melhor que elegemos
onde a busca é o que se encontra no buscar.
Somos estrada, rumo, caminho e caminhante
em tudo que muda ou permanece a cada instante
na música que surge em toda nota que vibrar.
Não importa para onde isso leva a gente
quando é forte a magia do que sente
que é mais belo prosseguir do que chegar.

O DIA MAIS BRILHANTE

GRAZIELI CUNHA

Nós somos aquilo que vivemos
Aprendemos, sofremos e sorrimos
Por que não ficar em um lugar que traz paz
Na praia vendo o nascer do sol

Sentindo aquela brisa leve tocando meu rosto
Fazendo com que todos meus problemas sumissem.
Andando pela areia, sentindo o frescor da água sobre os pés
Isso é viver intensamente.

Não preciso fingir, nem inventar
Os raios de sol me fazem sentir feliz
Queria poder sentar todos os dias olhando para o mar.
Assim, tenho certeza que me sentiria bem acompanhada.

Não preciso de outro alguém
Quando um dia lindo, cheio de brilho e cor que preenche meu caminho.
Fazem de uma simples mulher se sentir abraçada
Por uma imensidão que é o mar...

NÃO HÁ MAIS TEMPO

HELOI LIMA

Perdi a noção do tempo
E já não conto nos dedos
Aos erros não cabe adendo
Eis a hora de pedir arrego

E nem mesmo por apelo
Que preconiza o desapego
De um estranho no espelho
Que insiste no arremedo

Circulo os erros do passado
No jogo de caça-palavras
Quando jogo os dardos
O alvo logo se apaga

Tudo agora é tão distante
Nesta conotação do vazio
Onde vejo a lua de sangue
E o céu feito de ladrilhos

E não existe a procela
Na cabeceira de rio
Enviesado às cegas
Partiu...

TU E EU

HENRIQUE DE OLIVEIRA

Naquela tarde, descemos ao Cais da Ribeira,
Tu e eu, que passávamos os dias no Porto
E andávamos a subir e a descer a cidade
E, sem pressa, sentamo-nos à beira do Douro.

Mas foi noutro dia, quando atravessamos à Gaia,
Tu e eu, que já fomos ao pôr do sol
E presenciamos o ocaso, vibrantes de ansiedade,
Que se deu em nós o verdadeiro encantamento:

Nas cores do porto e das casinhas coloridas
Brindamos ao céu magnífico, na escuridade,
Quando bebemos o vinho das caves de cá,

Tu e eu, eternos amantes num país distante,
Entretidos com as luzes à margem de lá,
Para sempre atados na lembrança dum instante.

LABIRINTO

HEVIAN LOPES FERREIRA

Paixão que apavora,
Que jorra,
Que anseia,
Inebria e entorpece,

Mansidão que abranda como o barulho contínuo das ondas,
Que assegura,
Realça e enobrece

Já me senti carne no infinito dos teus olhos,
Já me senti luz no aconchego do teu peito,
Estou perdida,
Sinto-me encurralada entre o profano e o sagrado,
O ímpeto e a lucidez,

Mas não desisto,
Continuo caminhando,
Desesperadamente lutando,
Nesse labirinto de desejos,

Para que um dia enfim
Possa acordar sem correntes,
E desfrutar da liberdade,
De não mais pertencer
Ao cárcere que significa ser.

É VERÃO

HILDA CHIQUETTI BAUMANN

Amanhã nós novamente estaremos lá fora
Hoje estamos todos na praia
Uns vendem, outros compram
cerveja, comida, docinhos em bandeja
Tem dentistas, médicos, jardineiros
banhistas. Rodando na pista
ônibus, automóveis, caminhões
Sobre tudo, asas de aviões
Na água, golfinhos
sardinhas
baleias e sereias
Eu digo que sei. É verão
Depois, todos voltam
para seus lugares, prontos
para manterem as aparências
durante o inverno.
Aguardando o verão do ano que vem.

AH, O SOL

HILDA PRZEBIOVICZ CANTELE

O sol que nasce
Que aquece o mundo
Que traz alegria
Mas também tristeza
É o mesmo sol
Que queima a pele
E alimenta as plantas
Ah, esse sol que brilha
Às vezes tímido
Outras intensamente
É o mesmo sol
Que se esconde
E escurece o mundo.

À TARDINHA

IARA OLIVEIRA

Vem o entardecer, as criações se recolheram
Ajunta a goma, esparramada pelo terreiro
Mais um dia de sol ficará pronta pra peneirar
E fazer deliciosos biscoitos,
também uns pães de queijo
Aquele cafezinho quentinho
coado no coador de pano
um bolo de milho, broa de fubá
não tem como escapar
o cheiro vai lá na estrada
a mulheres da caminhada
não conseguem esquivar
de passar na casinha
e experimentar as delicinhas
que só na roça tem,
junto com a boa prosa
um café da tarde na roça
vem, e se achegue também

FLOR E SER

ISABELLA HOBI DEMARI

Permita-se renascer,
Permita-se florescer,
Pois vejo flores em você.

Permita-se ser
Você.

Ela é,
Eu sou,
Tu és,
Nós somos.

Amor,
À mãe
Natureza.

Em tudo,
No todo,
O tempo todo,
Passageira.

UFANIA

IRAMILDO CASTRO

Não me causam preocupação as rugas iminentes
ou o grisalho dos fios.
Antes, causam-me orgulho os anos saboreados
ao lado de seres encantados,
os melhores deste universo.
Melhores, os que foram amáveis
ao facilitarem o curso da minha existência.
Melhores, os que dificultaram este curso em alguns percursos,
porque assim enrijeceram a minha cerviz
e me ensinaram que nem todos jogam no mesmo time.
Que nem todos preferem te ver de pé.
Veem porque aquele que está sóbrio não cai
com o sopro de qualquer lobo traiçoeiro.

Causa-me orgulho ter chegado aqui primeiro,

a tempo de conhecer seres extraordinários que já partiram

e deixaram o seu legado inesquecível.

Causa-me orgulho ter chegado primeiro que a tecnologia,

e deliciar da companhia de amigos nos quintais e chácaras,

ruas e sombras.

E fazer o dever de casa sem pressa para TV.

E ouvir histórias lidas e ler cartas distantes.

Causam-me orgulho as experiências, as dores, as perdas,

a convivência, as privações... os tijolos da minha fortaleza.

Oxalá eu voltasse e revivesse momentos e reencontrasse pessoas...

O TEMPO E O MAR

🚢 JANE BARROS DE MELO

Diante de tantos pensamentos,
Tento resistir ao tempo,
Ao vento e às tardes ensolaradas.

Contemplo os momentos vividos,
Quantas conchas encontrei pelo caminho,
E redes tecidas, repletas de nós,
Que colhi para brincar.

Ao observar o movimento das tartarugas
Que subiam para respirar,
Fiquei surpresa com o avanço do mar.

Enquanto caminhava pelas areias,
Desejava encontrar tesouros
Esquecidos pelos piratas
E oferecidos à deusa dos mares.

Gostava de ver as ondas quebrando,
As espumas brancas se desfazendo
E as algas arrastadas pelas correntes marinhas.

Jangadas flutuavam nas águas,
Com plumas coloridas a brilhar,
Guiadas pelo vento que soprava
Em alto-mar, sem cessar.

O tempo levou a paz,
O vento soprou os encantos,
O mar revolto sucumbiu às construções,
E há quem diga que o tempo não passou.

OS NÓS DO TEXTO

JAMILE MARINHO PALACCE

Na teia de temas
Tramas e tópicos
Títulos
Traços tácitos
Teclado tátil
Tal tinteiro
Tecendo toques
"Talvez"
"Tomaras"
"Todavias"
Trechos e termos
Trançados
Nos teares do texto

TEMPO, CADÊ VOCÊ?

JHENNYFER STANHOSKI

Onde está você, tempo?
Que os ponteiros do relógio não param de bater?
Cadê o tempo que sumiu?
Cadê as horas que se foram?
Tempo, cadê você?
Onde está? Por que me abandonou?

O dia se passou tão rápido que não pude fixar os olhos
Sobre o nascer da aurora.
Nem contemplar os desenhos das nuvens
Que pairavam no céu.
Logo o sol desapareceu e no céu só restou a escuridão
E os pontos de luz sobre o breu que inunda a face da terra.

Ei, tempo, por que se foi tão depressa?
Agora só me resta sentar lá fora e sentir o vento
Da noite sobre minha face.
Sim, aquele vento que conforta o coração e renova a alma.

POEMA DE CORDA
JORGE BERNARDINO DE AZEVEDO

Encontros e encantos
Em passos e laços
De cores e traços
Uma aquarela infinita
Que eu mesmo faço
E te trago num breve instante
Tudo muito vago...
Letras soltas são símbolos
Juntando, palavras
Aglutinando, são frases
Se as vou serpenteando,
Traduzo em ideias, sentimentos, mensagens
Figuras (imagens) de pensamento e de linguagem
Podem ser doces como mel,
Compridas como as tranças da Rapunzel,
Escritas como se entalhadas por um cinzel,

Cantadas como num folheto de cordel!
Na linha do horizonte dos teus braços
Teu rosto surge como o sol de fim de tarde
Que ilumina, mas não arde
Que tinge a relva e emoldura a serra
E traduz o teu sorriso que tal qual renda de bilro
Não-me-deixe, brilho de *meus olhos*, *coração*
Doce *cocadinha*, subindo a *escadinha de cupido*

NOTA: os termos em itálico referem-se a tipos de pontos empregados na confecção de renda de bilro.

INDISTINTO

JONAS MARTINS

Sua presença vem de modo silencioso.

No emaranhado de uma misteriosa dança, cuja forma se esvai no curioso entrelaçar dos corpos.

Seu gélido véu cobre até a mais irrisória criatura.

Ruborizando tudo que toca; com sua inigualável coloração.

Seu vocabulário é sempre o mesmo.

Sempre perguntei-me como seria estar para além dela.

Atravessando sua imensidão, em um sonho de liberdade.

Talvez este seja o defeito.

A busca por respostas no sentir, naquilo que sempre há de vir, desobrigado de qualquer audiência.

Seria essa também sua essência?

O existir ordinário?

O ordinário que se faz presente na mente, de modo contundente, do poeta disfarçado.

No disfarce da criança.

Quando ainda havia esperança.

Em um período rudimentar, no qual o anoitecer não significava nada além do fatídico horário de dormir.

NÓS - SERTANEJOS

JOSE CARLOS NANTES

Nesta terra sertaneja
Onde o simples é modo de viver
Onde pisar na terra fria
É descarrego de energia.

Aqui o sertanejo campeia
Onde a lua clareia a areia
Lugar de gado solto nos campos
Lugar de gente sem ranço.

Vida simples que o sertanejo leva
Nas madrugadas frias do inverno
No calor intenso do verão
Nas noites claras do sertão.

Esta é vida que queremos
Esta é vida que levamos
Pelos caminhos nas terras de areia
No troteio do corcel ligeiro.

Aqui a lua encanta
A sombra encobre o sol
O nascer do dia sorri
Saudando a vida daqui.

JAMAIS OUTRO ALGUÉM

🚢 JOTA CRUZ

Fico a observar o horizonte
Vejo um novo mundo em algum lugar
Eles chamam de lugar distante
E eu estarei lá algum dia
Se você pudesse comigo ficar!

Eu preciso de você ao meu lado
Não importa o que eu prometa
Nunca encontrarei outro alguém
Por ser eternamente querida
Nesta vida desflorida!

Eu poderia perder tudo amanhã
Menos o seu amor, querida
Eu não sei o que farei
Pois eu não sei como viverei
Sem ter você, infeliz serei!

Na tempestade, eis minha bússola
Se me dessem um tesouro

Meu prazer seria minúsculo!

E não importa como seria o fim
Mas se perder seu amor, querida
Não sei o que será de mim!

RAGNAROK
JÚLIA MATEUS

antes de ir embora,
eu te disse que não podia respeitar alguém
que via ícaro como um apaixonado em vez de um suicida
porque é uma covardia morrer por um amor
em vez de ousar viver por ele
e eu não respeito covardes.
mas o plot twist dessa história
é que você era o sol
e todos os seus atos de covardia
foram pra não me queimar no fim.
eu te perdi porque pra me salvar você foi ragnarok.
e eu, sempre mitologia romana,
não achava que um deus desceria do seu altar
pra se sacrificar por um dos seus devotos,
muito menos por mim, que, pra ser bem sincera,
nunca tive tanta fé assim.
e eu sinto muito por ter agido como um ateu
enquanto você estava disposta a queimar por mim.
eu nem te construí um altar
porque sempre vi pedestal como um tipo de prisão

e eu te queria livre.
mas até a liberdade tem seu preço.
ícaro não entendia isso, e eu também não.
as duas regras pra quem tem asas são:
não voar tão alto e não permanecer perto do chão.
ícaro caiu pela falta de cuidado
eu não alcei voo por excesso disso.
ele foi o que morreu, mas eu fui a que não vivi.
e por isso não tem história sobre mim.
ninguém escreve sobre aquela que quando ganhou asas
descobriu que tinha medo de voar.

A CULPA
FOI DO TEMPO

⛵ JOSY LAMENZA

Eu sei que foi bem aqui
na sombra do chapéu de sol.
Mas não resta nenhum rastro,
nem o menor vestígio.
Sei que foi real,
que nossas iniciais marcaram a areia,
como um compromisso eterno.
A culpa foi do vento,
da ressaca que invadiu o solo;
Foram as ondas, desavisadas, que as apagaram.
E por mais que eu cave... cave e cave...
com todas as forças...
sei que é em vão.
Sei, mas não desisto.
Porque foi bem aqui.
Porque foi real.
A culpa foi do vento...

JANELAS

JÚLIO GOES

Quero janelas abertas, portas secretas, corações valentes, trilhas, vales, morros, sol ardente, superlua, vida nova

Pessoas coloridas, atrevidas no bem, brancas, pretas, velhas, jovens, indiscretas, concretas

Quero o mar profundo, a brisa noturna, os contos, os encontros, os encantos

O desconhecido, o medieval, o atemporal, experiências abstratas, abissais, sobrenaturais

Quero a jovialidade, a alegria, a vivacidade, singeleza, paz

Quero tudo isso e muito mais, porque da vida pouco sabemos e quase não vivemos

Presos, alienados, enganados, sobrepujados

Mas sempre é possível, sempre tudo muda, se renova, basta querermos, crermos e vivermos!

QUANDO TEMOS TEMPO

KARINA ZEFERINO

Quando temos tempo...
Nos olhamos profundamente,
Nos tocamos demoradamente,
Nos beijamos delicadamente,
Nos apaixonamos novamente.

Quando temos tempo...
Nossos pensamentos se alinham na mesma reta,
Nossos sentimentos afloram e transbordam pelos dedos,
Nossa conversa tagarela aquece o entardecer,
Nossos pés descansam entrelaçados debaixo do edredom.

Quando temos tempo...
O mundo ao redor congela no instante em que
nossos olhares se cruzam, reprisa o filme da nossa história,
e lembramos os motivos que nos fizeram estar juntas.

Quando temos tempo...
Nossos olhos fechados não enxergam além de nós,
Os lábios se tocam, delicado e inesperado,

Só desgrudando para matar a sede,
Com uma garrafa de vinho aveludado.

Quando temos tempo...
Nossos corpos se encontram profundamente,
A pele arde demasiadamente,
Enquanto a alma se depara com o desejo guardado,
E o suspiro é o respiro de um amor tranquilo.

BRAILLE

KARINA SARDINHA

Entre nós
Há sóis
Que sempre nos põem mais perto
Os olhos mal ficam abertos
Os umbigos se miram travessos
Sem saber ser errado ou certo

Sobre nós
A sós
Não é necessário espelho
Nos decoramos com os dedos
Eriçam todos nossos pelos
E molha todo meu cabelo

- A nós!
- À sorte!
Brindemos aos egos e elos
Tanto o amor quanto os nós
Quando fortes
São cegos

SEM AMARRAS DO NÓS

KATYANNE SILVA

Nós que ata e desata
Sem muitas amarras
Palavras que parecem tão sensatas
Mas não promovem muita prata

Atitudes inaptas
E o nós desata
Mas basta uma palavra
Que logo ata

Mas e a prata?
Se resume a migalhas?
E o nós sem amarras?
É apenas uma batalha de pirraça?

O nós transpassa
Nessa relação rasa
Logo, me vejo bater asas
De volta pra casa
Sem muitas amarras
Do nós que ata e desata

ACONTECERÁ

🚢 **LAÍZE DAMASCENO**

Procuro o caminho que me leva ao céu,
Eu sei que as ondas não vão me levar,
E tudo o que o mundo tem para me oferecer
Não vai me fazer te alcançar.

A força do vento não vai me fazer voar,
Nem a luz do sol vai me fazer brilhar,
Mas eu sei, quando eu te encontrar, o impossível acontecerá,
Acontecerá.

Olhos humanos não conseguem enxergar,
Nem sequer entender,
Somente pela fé que você pode acreditar,
Acreditar.

A força do vento não vai me fazer voar,
Nem a luz do sol vai me fazer brilhar,
Mas eu sei, quando eu te encontrar, o impossível acontecerá,
Acontecerá,
Acontecerá,
Acontecerá.

NÓS

LAZHEL CASTRO

O menino poeta um dia na escola
Teve um sonho de amor da vida
Com a mais linda e mais querida
Flor de luz perfumada da aurora

Mas o cheiro da adolescência viajou
E a distância como raios maldosos
A deixou longe dos olhos saudosos
Que nunca perderam de vista o amor

Porém o tempo que cura qualquer dor
Fez o caminho ladrilhado de esperança
Para o encontro com a paixão de criança
Que sem máscara num carnaval chegou

Sem medo do desejo e apaixonados
Os dois uniram-se em fantasias do prazer
Derramando-se em gotas ao anoitecer
E nunca mais viveram separados

Casaram-se e o sonho se concretizou
Da flor dois frutos lindos brotaram
E os nós dois se transformaram
Em quatro nós cegos de amor

DUAS CABANAS DISTANTES

🚢 LEANDRO MOTA

Achei que nunca mais o veria,
Armei armadilhas pelo caminho para não mais ser encontrado.

Mas aqui está,
Ferido,
Cansado,
Como eu.

Talvez nós,
Ou o destino,
Ainda nos queiramos perto,
Lado a lado.

Hoje cedo,
Varri algumas folhas secas que insistiam em cair em sua varanda.

DESATADOS

🚢 LEANDRO MOTA

Acaricio a camisa que peguei emprestado.
Amargurado,
Pelos fios do destino
Terem nos desfiado.

Ainda que desenlaçados,
Não consigo me desfazer de nós.

Estações do ano voam como seu carinho.
Aperto as cordas do balanço.
Acordo, passarinho,
Folheio álbuns desbotados.
Os discos guiam meu avanço, voo sozinho.

Mais uma dança.
Lembrança,
Costurada em abraços.
Tropeçando, propositalmente, em seus passos,
Para cair em seus braços
Mais uma vez
Me lanço.

PELOS NÓS DAS GARGANTAS

LEANDRO MOTA

Seguindo goela abaixo,
Escorregou pelas entranhas das lembranças
E desabou na colina dos pelos brancos.

Encantou-se.
O som dos cantos dos mágicos
Fez ouvir cores e avistar o véu que tudo cobre.

Agarrou seus fios translúcidos,
Torceu seus laços.
Engoliu a realidade
Para poder tecer seus passos.

VIAGEM NO TEMPO

LEONARDO CHRISTOFOLETTI

Às vezes sonho com o passado
ao que na infância me foi dado
gostos, texturas, odores
e tudo o que vivi de doces amores

Eis-me aqui neste presente
uma dádiva incerta, suspeita
o presente de quem me é ausente
ausente, ainda que presente

Às vezes penso no futuro
tenho medo, ânsia, esperança
foram-se meus olhos de criança
mas ainda creio no amor puro

Meus pensamentos voltam
ainda que eu precise ir
pois de novo quero te sentir
reviver até o maior apuro
te senti no meu passado
e te sentirei no futuro

CÁPSULA DO TEMPO

🚢 LOANDA ABDON

Encontrei uma caixa branca
Embaixo da minha cama
E me perguntei na hora
Se ele ainda me ama

Nessa caixa eu guardo
Todas as nossas memórias
Das quais eu tanto me agrado
São várias de nossas histórias

Essas lembranças que deixam
O gosto de amor e saudade
Do amor puro que se perdeu
Apenas por pura vaidade

Me pergunto, será que também
O meu amado me guarda
Bem no fundo daquele armário
Que fica atrás da escada

Assim, entre as cartas e a cada fotografia
Guardo em mim sua imagem e sua grafia
Que para sempre vai me inspirar
Essa cápsula do tempo memórias vai guardar

NÓS

LOIDE DE AZEVEDO

Ontem nós estávamos:
Amarrados, entrelaçados,
Apaixonados!
E o tempo?
Ah, o tempo! Passou,
A vida andou,
O mundo girou.
O nó se desfez, desamarrou,
Desatou, acabou.
Ontem eu e ele éramos nós,
Hoje eu e ele estamos Sós.

NÓS DO DESTINO

LUCIMARA PAZ

Histórias entrelaçadas
Nós apertados pelo tempo
Memórias que persistem
Emaranhados de nós que resistem.
Nós de tristeza que apertam sem piedade,
Os laços de dores passadas
Que trazem saudade.
Fios tecidos de mágoa e rancor
Enredam a alma e sufocam o amor!
Nós de dúvida e medo
Que nos fazem parar
Fios invisíveis difíceis de soltar
Entre o certo e o incerto é preciso coragem
Para os nós desatar!
Com mãos trêmulas
Os nós começo a desfazer
Mágoas antigas é preciso esquecer.
Nós de esperança, cordões de sonhos
Nós de amizade, nós de amor
São laços de carinho, vínculos que fortalecem
E mostram o caminho,
Entrelaçados no amor
São nós que nos sustentam
Com ternura e calor!

NÓS E O TEMPO

MARCELA LIMA

Prazeroso mergulho de sempre
No cheiro tão sonhado e alimentado pela boca.
Seu corpo agora descortina meu amanhecer,
Minha casa, meu tempo templo,
Minhas paredes de vidro.
Veste-se o derradeiro corpo
Entardecido de saudade
À espera da limpeza dos verdadeiros rios
Que fez escoarem em mim.
Filtra, meu amor, a bebida farta
Que saliva de seus cílios
(já tão desbotados pelo tempo)
Acariciando as grutas de sua pele – gota a gota.
Lá fora, um jardim me olha!
Um jardim se abre para me ver.
Ou sou eu que o vejo?
Paisagens da alma que se fundem
nos olhares nus (olhos nus) – olhares seus
Que diante de mim me descobrem
É uma realidade?
Os rios de agora deslizam pelos fios prata de meu corpo.
Lambem-me a memória –
Navegantes de desejo.

CASA

MARCONE ROCHA

Na mata densa, onde o sol brinca entre as folhas
Uma casa simples, longe das correrias tolas
Ali, a alegria vive com simplicidade
E a felicidade encontra morada de verdade

Nas paredes de madeira, histórias soam
De risadas compartilhadas, memórias que voam
O aroma doce do café pela manhã desperta
Enquanto o canto dos pássaros a alma acerta

Na varanda, o balanço convida a um descanso
O som do riacho é um doce encanto
Na mata, a vida pulsa em cada brisa que passa
E a casa acolhe a harmonia que se abraça

Nesse refúgio verde, o tempo desliza devagar
A simplicidade é realeza, e o amor é o altar
Ali, entre árvores e sombras que se deitam
Habita a felicidade, onde os sonhos florescem
e a alma se ajeita.

PAPO DE GONGOLO

MARCOS DERTONI

Pessoas fofinhas soltando bolinhas de sabão
Encontros gostosos com papos cabeça e coração
Afagos, sorrisos e canções
Abraços amigos, sensações
Pitando fumo de rolo na beira do fogão
Num papo de gongolo, rolando pelo chão
O tempo passa sem sentir
E a gente fica a refletir
Quanta coisa boa de se ouvir
Que nem dá vontade de sair

MAR ALTO

MARCUS NOBRE

Aproveito que o mar está alto
Então lanço a minha rede
Vendo se pego algum peixe
Anelando o meu sustento

Algumas recordações
Nessas águas escuras
Algum alimento
Que mantém a vida
Nestas águas frias

Para que eu não fique
De mãos vazias
Pois a cada um é dado
Segundo as suas obras

Seja labor manual
Ou intelectual
É bom acompanhar
O melhoramento moral.

NÓS - E NÓS

MARIA ALICE FERREIRA DA ROSA

Se há só um nó,
já somos nós?
Com quantos nós
se faz um nós?
Quantos laços se desfazem sem ser nós,
Quantos laços viram nós?
De quantos laços somos nós?
Já fomos laços ou sempre nós?
Como se desmancham os nós,
Aqueles que nos tornaram nós?
Se já não existem mais nós,
Será que ainda existe nós?

NAS BRUMAS
NO RIO TEJO

MARIA ALZIRA LEITE

Pelas idas e vindas
Pelos trilhos em Portugal
E em tempos de tantos propósitos e esperas
O que almejar?
Respirar e olhar para o desenho do horizonte...
Quiçá para além do Tejo
E lá estão...
Céu e Rio a se encontrar
No compasso de uma atmosfera
No delinear do (desa)ssossegar
Arriscam passos, oscilam e flutuam sobre as duas pontes
As luzes desse espetáculo transcendem a fotografia
Ora, mas como isso é possível?
Não há tempo para responder...
E num piscar de segundos, Céu e Rio estão a se acariciar
No murmúrio do vento, as gaivotas se rendem ao firmamento em Lisboa
E no ato do suspirar, podemos exclamar:

Ah, quem me dera fazer parte dessa dança!
Voar... Voar alto e ensaiar numa extensão rumo ao a(mar)!
Num recorte de minuto
O Rio também me convida a valsar...
E estava escrito...
Pelas idas e vindas
Pelos trilhos em Portugal
E em tempos de tantos propósitos e esperas
Continuamos a bailar...

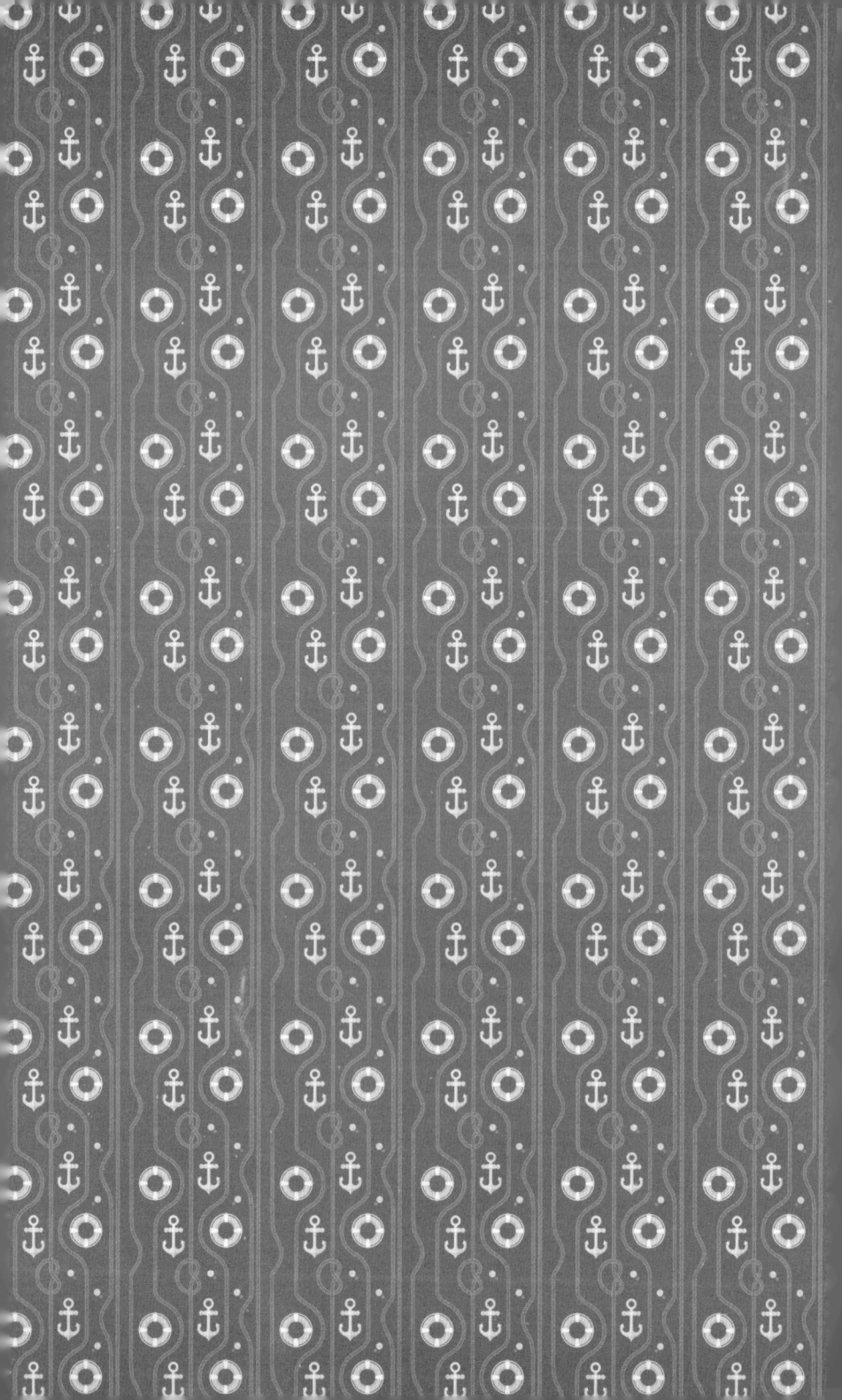

TARDES INESQUECÍVEIS

MARIA DO CARMO REZENDE PROCACI SANTIAGO

Sol de ouro banha a tarde serena
Nuvens brancas navegam no céu anil
Em mansidão a brisa perfuma a cena
Trazendo aromas de jasmim e verbena

Pássaros cantam melodias em harmonia
Folhas dançam ao ritmo da sinfonia
Borboletas esvoaçam em alegria
Colorindo o ar com asas de seda e safira

No balanço suspenso, sonhos se tecem
Imaginações voam em liberdade
Em cada folha um mundo percebemos
Em cada sopro a pura felicidade

Tarde de amor, momento de paz
Que a alma acalma e o coração liberta
Um convite à contemplação e à luz
Um presente precioso que a vida nos dá
Neste instante mágico, apenas eu e você

NÓS E OS NÓS

MARIA DO CARMO REZENDE PROCACI SANTIAGO

Nos fios do destino nós nos entrelaçamos
Em teias invisíveis que o tempo traçou
Laços unem, prendem, libertam
Em um ciclo eterno de encontros e despedidas

Nós e os nós formados com cada passo
Com cada escolha, com cada abraço
Marcas da nossa jornada, cicatrizes da alma
Lembranças que nos acompanham durante a vida

Nós e os nós do passado ao presente
Em um emaranhado de memórias e sentimentos
Saudades e alegrias, dores e desejos
Tecidos em um mosaico de nossos caminhos

Nós e os nós que ligam ao futuro
Em sonhos, esperanças
Metas, objetivos, projetos e planos
Que nos impulsionam para o alto

Nós e os nós somos em nossa complexa simplicidade

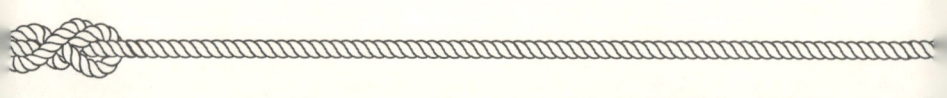

Um ser único, indivisível, em constante transformação
Com cada nó que desfazemos, nos libertamos
Com cada nó que fazemos, nos reinventamos

Celebremos os nós que nos definem
Que nos unem ao mundo e a nós mesmos
Nos fios do destino continuaremos a tecer
A história de quem somos sem nunca esquecer

PROMPT DE NINAR

🚢 MARISON RANIERI

"Crie um poema do tamanho da preguiça de um domingo,
sutil como o pólen dourado que na janela se esgueira;
denso como o amargor do fim de festa
ao se perceber que o dia seguinte se achega;
vivo como a vontade de voltar os dias,
resgatar o sábado ou uma parte da vida inteira,
e sorrir pelos dias úteis e inúteis não aproveitados
à espera do futuro, alguma surpresa
ou boniteza maior que a chegada da segunda-feira."

A máquina dormiu,
o sonho continua.

SINFONIA DA SAUDADE...

 MARLI ORTEGA

O que me falta
É a sua presença amiga
O seu sorriso franco
A sua vontade de crescer.

O que me falta
É o companheiro perto
Dos momentos mais incertos
Que tivemos que viver.

O que me falta
É o parceiro certo
Dos momentos mais secretos
Que os amantes podem ter.

O que me falta... é você

VAZIO

MARTHA SALES

No vazio do que somos nós
Há um tempo e um espaço
Vazios.
Um tempo que nem é nosso,
E um espaço para construir.
Um ECOssistema
Onde o outro também sou eu,
Na medida sem métrica
Que ocupo o lugar vazio
Do outro,
Entrelaçados.

No vazio do que somos nós
Há uma poesia do amanhã,
Sem rima.
Que se faz sem a contagem do tempo
Porque ele nem é nosso.
Que se faz sem lugar algum
Para chegar,
Porque esse tal lugar não existe,
E o que há mesmo
É o tal vazio para preencher
A todo tempo.

GALOPE
MELISSA NASSER

O sol era tão forte
Que a pele mal
Resistia
Sem chorar

                                            O rastro
                                    Deixado na areia
                                  Sumia com o vento

Do alto do corpo-herói
Poderia finalmente
Respirar

                                  Me agarrei na crina
                                  Como se estivéssemos
                                  Prestes a levantar voo

Eu confiei
Naquela coragem toda
De quem não imaginava
O quanto era valente

                                          É impossível
                                          Não perceber
                                          Onde estamos

Até quando pensamos
Ser os mesmos

                                  Nosso fôlego é tudo

                O que ainda temos

MARATONA

MELISSA NASSER

A culpa me olhando nos olhos e
Me devorando aos poucos
Aos poucos é que ela mastiga
Nossos ossos inteiros
Nos faz vacilar os pés
Que corpo é este que falha tanto?

Entrego mais coisas minhas
Até que fique satisfeita
Pronto, está pago
Suas sobrancelhas se levantam
Como um elástico pronto para se soltar
E ferir por inteiro os dedos esperando

Eu puxo o ar que sobra
É pouco, mas há de servir
Força, força
Cabe mais no peito do que nos pés
Guarde para depois,
Você vai precisar

Eu, que nunca guardei nada, fiquei

As palmas das mãos
Derretendo de suor e medo
Porque o medo causa mais medo ainda
E o corpo tenta fugir tanto que corre
Ainda que imóvel, uma maratona sem linha de chegada.

LITORAL

MONICA CHAGAS

Ao entardecer,
passeios na beira do mar
nossos pés
deixando pegadas na areia úmida
as ondas esverdeadas
mantendo o ritmo
num vaivém infinito
a brisa suave embala nossos corpos
cheiro de maresia,
gosto salgado do amor.

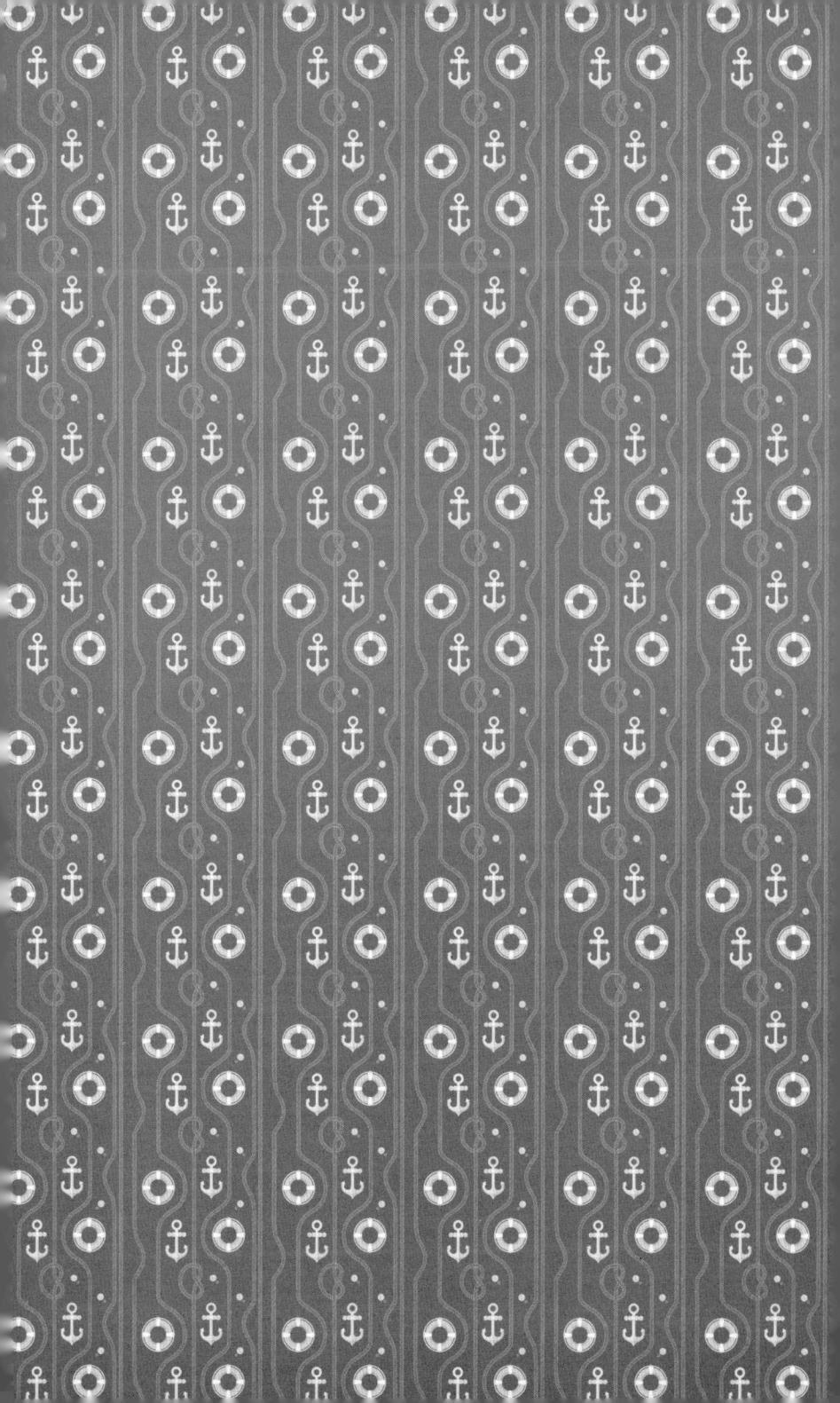

A PRAÇA DA MINHA RUA

🛥 MURICI CRISCUOLI DO PRADO FLORES

No outono, o chão roxo de frio é varrido pelo vento caprichoso
E as folhas secas trombeteiam num burburinho,
Anunciando que um coração é esculpido na árvore majestosa
Com a promessa de eternidade.
A cada aurora a esperança a renascer,
É um frenético ir e vir, muitas vezes só ir sem rumo certo
E como às crianças convém, brinca-se muito sem nenhum vintém!
Enquanto o riso corre frouxo, os canteiros guardam as flores e,
Nos bancos frios, qual cofres blindados, acimentam-se sonhos infantis,
Ao ranger das enferrujadas correntes a balançar, para lá e para cá.

Sepultam-se, ainda, segredos dos últimos românticos,
Histórias de noites geladas e de abandono.
Nessa mistura, a praça da minha rua vive pulsante, e
Quando menos se espera, a alegria a tem.
E, sob o seu manto verde reluzente e protetor,
Dedos entrelaçados por lá passeiam sem nenhum pudor.
Tem também vidas em revoada que disputam pouco ou quase nada,
Quem sabe, um ninho acolhedor, no silêncio da madrugada.
Uma luz acesa, na janela, no alto, denuncia
Um coração descompassado e insone
A juntar-se ao guardião de pedra sorumbático e silente,
Numa reverência à constância no fluir das estações
E à finitude de tudo nessa vida, que vem e que passa!

ÁGUAS DE MAIO

MURICI CRISCUOLI DO PRADO FLORES

A música que ecoa é triste e desafinada
É torpe, encharcada de lágrimas
É doída, doida e malvada
A batida é de água mole em pedra dura

O quinhão que nos coube cheira a enxofre
Resta-nos engolir nosso choro turvo
Disse vir em busca do que lhe pertence
Esmagando o coração do rio-grandense

Como uma escorregadia serpente
Vai expondo toda a gente
Corpo, alma de qualquer vivente.
A cidade geme entre as águas!

Sobre elas flutuam sonhos destelhados
Memórias e fragmentos de uma vida
Para além de um adeus desesperado.
E como se lixo fossem,
Vagam nas correntezas sobre a terra ferida

Entre a indiferença e os gemidos
A espera a marinar a nossa dor!
Deixe estar, será na força de um povo aguerrido
Que a turbidez encontrará seu opositor

Que sangra em pé, mas não rasteja
Perde tudo, menos a esperança,
Que emerge do abraço do irmão
Que sem demora estende as duas mãos

Eis que se erguem
As espadas da compaixão e devoção
Naquele que prepara a vitória com uma só mão
Com muitos sóis de misericórdia e redenção.

QUANDO AS ÁGUAS PASSARAM AINDA ERA OUTONO

MURICI CRISCUOLI DO PRADO FLORES

Aproveitando-se do sol acovardado
Ela se foi tão arredia
Já num tempo exacerbado
De volta ao leito que se avizinha

Nem sei se nos tomou o que queria
Levou consigo o tapete ondulado
Deixando uma sobra de dor, a agonia,
Submersa num choro disfarçado

E como aos perniciosos convém
Enlameou a nossa Casa, sem nenhum porém,
Silenciou o canto do quero-quero, e o meu também!
Por que fez isso, essa guria?!

Se em tardes de outono ensolaradas,

Reunindo toda a gente,
Vestia-se de dourado
A exibir seu balanceado

E em noites enluaradas
Perfumava-se de prateado
Em reverência aos namorados.

Quem diria, a nossa própria cria...
Que ironia!

ATRAVESSADA
🚢 NANDA FORTE

Horas à tua espera,
A mente inquieta, num formigueiro,
Expectativas... tudo pulsa,
A quietude invade,
Alma e instinto em comunhão,
"Renda-se! Entregue-se!" eu ouvia de mim,
No palco, a cena em construção.

Uma batida na porta, tudo silencia, vibra,
As palavras? Pássaros em fuga, buscam abrigo,
Falta-me o ar, a voz, o chão...
Resta a batida descompensada,
Embaraço, olhares, um enigma sem véu,
Dedilho a sua pele, acalmando a fúria,
Sentir, apenas, sem pedir.

Canção antiga, o corpo te reconhece,
Quente, me atrai ferozmente,
Entre beijos, o desejo nos reúne,
Hipnotizada, entrego-me livremente,
Seus rastros me incendeiam,
Na pele, marcas de nós, sem trégua,
No labirinto dos sentidos...
Transcende a mente, atravessada.

AMOR E LUZ
🚢 NANDA FORTE

A beleza se revela em tudo,
Se me permito sentir,
Ao mundo me entrego,
Sou assim desde que nasci,
E nesse mar, me deixo ir.

A vida, hábil, sedutora...
Me conduz até aqui,
Nunca cheguei a me pertencer,
Nos ruídos, busco a mim,
Como não me perder?

E então, o amor chegou,
Soprou-me palavras, a alma animou,
Um sorriso, meu despertar,
Em seus olhos, me afoguei,
Calorosamente, me abraçou.

Seu abraço, perfume a me inebriar,
Pequena, na imensidão do seu olhar,
Quando escuro tudo está,
Você, luz, meu farol, me encontro,
A brilhar, cores que posso tocar.

Na distância, o eco da sua voz,
Fragmentos de um sonho,
Será que pensa em mim?
Na sua ausência, o meu amor vive,
Amor e luz, retorne!

A MENTE GUARDA O AMOR

🚢 NANDA FORTE

Com a falta, me redefino, então,
A saudade me abraça,
Sua voz me acalma,
Em meio à consciência, a dor se anuncia,
Abraço em vão, na ausência, vão.

A melhor mãe, sem igual,
Podem acreditar!
Seu sorriso ilumina,
Mesmo meus dias sombrios,
Maio é só metade.

A gratidão reside,
Quem me transcende?
Amor puro...
No seu olhar, minha mãe,
Original e forte, que sorte!

Ouvinte e conselheira,
Ímpar, sem igual,
Sabedoria a escola não ensina,
O mundo perdeu, tão singular,
No meu coração, vive em mim.

Ela sou eu, eu sou ela, a extensão,
Legado deixado,
Levada para outro lugar, a ascensão,
Em cada passo, nasce flor,
A morte leva o corpo,
A mente guarda o amor.

NÓS

NEUSA AMARAL

Nós não nos lembramos de olhar ao mar,
À lua, às estrelas; embora reconheçamos
Que sem eles não vivemos!

Nós nos negamos a nossa voz, o nosso abraço,
O nosso calor humano; embora desejemos muito
Vivenciá-los, a dois.

Nós nos recusamos a um olho a olho,
A abraços e beijos fraternos; embora nos abracemos,
Nos beijemos, através de telas!

Nós não nos admitimos certos preconceitos: racismo,
Elitismo, ateísmo, idadismo; embora ante a certo estímulo
Reajamos: Por que não me contaste a tua idade?

Nós não assumimos nossos fracassos:
Para nós, nosso parceiro é sempre o culpado,
Embora apenas um abraço cole todos os estilhaços.

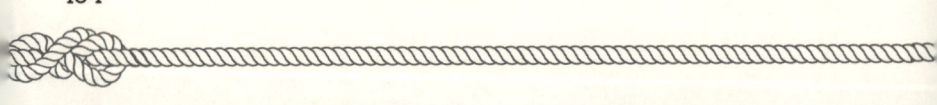

Nós fugimos de responsabilidade, mas exigimos respeito, fidelidade.

Basta responder a uma saudação: somos abandonadas à própria sorte.

Embora haja amor, prevalece o egoísmo, machismo, egocentrismo...

Nós, apesar de tudo, ainda acreditamos num novo dia,

Um novo Dia dos Namorados que resgatará os, desperdiçados.

Mãos à obra!

MUNDO EM SÉPIA

NEWTON DIAS PASSOS

Nova realidade. Mundo em sépia. Descolorido.
Sem preparo na transição.
Não foi convite. Foi necessidade de introspecção.
Valorizar o momento. Não entrar em parafuso.
Em roda-viva.
Entender o despercebido. O silêncio. A lágrima contida.
O riso reprimido. O que foi vivido sem viver.
Sem questionar o porquê. O por quem. Imaginando o para quê.
Pensar no que foi privado agora. Fazer melhor quando passar.
Aprender com o risco de perder.
Estocar momentos para usar depois. Ter boas lembranças.
Revisitar memórias. Sem esquecer a vida de antes de tudo parar.
O novo terá fim? Ou como será o fim?
Pausar o corre-corre. Para uma boa conversa. Comentar fato antigo.
A vida não é feita do agora. O ontem vale muito.
Velhos filmes. Velhos livros. Velhos jogos. Velhos retratos.

Um velho nós esquecido em gaveta esquecida no tempo.

Repensar ditos e não ditos. O que foi vivido. Ou revivido.

Aprender novas artes. Costumes. Vivências. Pensando que haverá um depois.

Não ver finitude, mas recomeço. Transformação. Reinvenção de si.

Mergulhar em pensamentos. Ideias novas. Saber aproveitar. E aproveitar-se.

Inverter papéis. Não só ler. Escrever. Organizar. Contar memórias.

Deixar mensagem sua é importante. Sem saber para quem.

Entender a si. Redescobrir-se. Colocar-se no lugar do outro.

Aprender com tudo. Que a Vida é aprendizado.

Que, quando acaba de aprender, acaba a necessidade de viver.

TEMPO

NICE SCHEFFLER

Entre o amanhecer e o anoitecer,
Há um espetáculo, onde o tempo dança, encanta, chora,
ri e acende a esperança em cada nova descoberta.

Com o primeiro raio de sol, a alvorada em suave
sinfonia com o cantar dos pássaros, a brisa ao vento
anuncia a chegada de mais um dia.

Nas lindas tardes estendidas,
Quando o céu se veste de azul.
Resplandecendo todo encanto,
Das paisagens coloridas.

O tempo é o veículo mais precioso que podemos
conduzir, não há como voltar
Uma voz sussurra, vamos com calma
É hora de desacelerar.

Entre o amanhecer e o anoitecer
É sábio saber tecer cada segundo vivido
E deixar assim proceder às escolhas da vida.

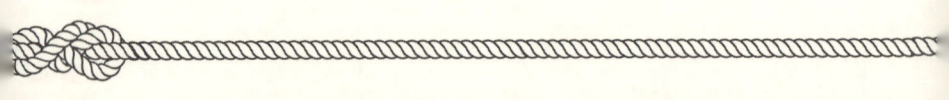

AMADO VERÃO

OLAVO DAINEZ

Sempre à luz do sol vibrante
Manifesta minha ardente atração
De conceber esse efêmero e exuberante
Calor vigoroso de verão

Majestosas memórias afetivas
Abrilhantam minhas mais nobres sensações
Alimentam a endorfina
Eternizam numerosas saudações

Melanina
Amor, afeto, energia
Faz da vida uma contínua euforia

Devo me ater
Que o verão que em mim viver
Venha sempre me aquecer.

O DESPERTAR

PATRICIA REJANE

Ao resplandecer da sua glória,
Jesus Cristo nos despertará,
Para ver a sua face,
E com sua misericórdia nos alcançar.

Precisamos estar atentos,
E meditar na sua palavra,
Imitar os seus preceitos,
E com ele granjear nossos talentos da nossa essência primária.

Como a brisa suave,
E o pôr do sol que se levanta,
Nosso mestre nos preenche,
De amor e esperança.

Para que um dia alcancemos,
E possamos em plenitude descansar,
Desfrutar das bem-aventuranças,
Que o céu pode nos ofertar.

Precisamos perdoar e curar nossa alma aflita,
E nas tardes ensolaradas ser nosso ponto de partida,
Rumo a Sião celestial, que o senhor possa nos encorajar,
E que ao passar do tempo consigamos nossas feridas restaurar.

AS PRIMÍCIAS

PATRICIA REJANE

Que nesta vida terrena,
Possamos contemplar,
As maravilhas do Senhor,
Que gratuitamente podemos desfrutar.

Criou os céus e a terra,
E tudo que nela há,
O sol, a lua e as estrelas,
Para nos iluminar.

Criou o mar e os seus limites,
A fúria das águas e os oceanos,
Deus viu tudo que fez de belo por nós,
Inclusive o planeta no qual respiramos.

Produziu a terra, os seres vivos, jardins e paraíso,
De acordo com suas espécies, selvagens e domésticos,
E para nossa fortificação nos deixou a salvação eterna,
Para que sejamos sal na terra e no mundo lanterna.

Da terra seca nos criou,
Para brotos germinar,
E nos ordena dar frutos,
Para seu nome entre as nações exaltar.

A palavra é a semente que de Deus faz gerar,
Para todos aqueles que nele confiam,
E a ele entregar nossa vida, planos e fé,
Se quisermos assim prosperar.

NÓS DOIS!

PEDRO DOS SANTOS RIBEIRO

À beira do mar
fico a refletir nós dois,

em uma tarde ensolarada
o céu cor de fogo,
as nuvens feito chamas tipo a nossa paixão,
e no horizonte o sol se pondo,
e um feixe de raio refletido sobre a água,
unindo o céu e a terra,

e nós dois feitos dois bobos apaixonados,
a contemplar a beleza da natureza de mãos dadas,
enquanto o tempo passa, e o sol repousa,
eu e você, aqui juntinhos...

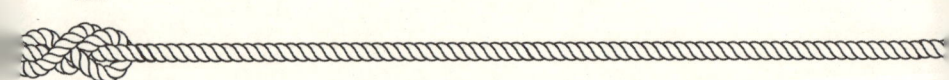

nós dois, feitos duas estrelas
à espera da noite, a cruzar com a lua
e os nossos olhares se entrelaçarem,
como o dia e a noite.

04 de junho de 2024.

QUE O NÓ CURE O NÓS

PIETRA IZIDORO

Sou uma máquina de costura.
Há tempos venho costurando cada pedaço rasgado do meu peito.
Pedaço por pedaço até que vire um retalho
pronto para ser amado novamente.
Não é só o coração que tenho que remendar a outro tecido,
minha respiração também não fica mais ofegante como antes,
ela tem medo de qualquer pessoa que a faz acelerar.
Minha pele também está rasgada com a saudade do toque
de um amor passado. Do toque que de alguma forma acalmava.
Meus olhos não brilham com a mesma intensidade,
como se o farol estivesse desligado e
nenhum marinheiro conseguisse enxergar através do breu
em alto-mar.

O sorriso. Ah, o sorriso.
Eles se tornaram turistas desde que me destruíram por dentro.
Se tornou preguiçoso e medroso.
Se esconde em minha boca, a que já beijaram antes fazendo
promessas de que era para sempre.
Espero que eu seja uma boa costureira.
Que os nós não se desmanchem e acabem voltando
para aquilo que um dia foi NÓS. Que eu não precise voltar para
refazer a costura.
Que eu possa, por fim, ter um coração curado.

PRA TODA VIDA

RAIMUNDA GONÇALVES

Teu carisma me conquistou
Da amizade sincera
Nasceu nosso amor.
Não dá para separar
Meu mundo do teu
Meu destino é te amar.
Somos dois em um
Vivemos um para o outro
Temos sonhos em comum.
Amo tua companhia
Perto de ti não há tristeza
Só prazer, paz, alegria
Companheirismo e beleza.
Respeito e lealdade
Permeiam o nosso amor
Vivemos com reciprocidade
Alternando seriedade e bom humor.
Tu és minha inspiração
Minha rima preferida
O dono do meu coração
O amor pra toda vida!

CONJUGAR
REGINA GUERRA

Pretérito perfeito
Eu fui
Tu foste
Presente do indicativo
Eu sou
Tu és
Futuro do presente
Quando eu for
Quando tu fores
Imperativo afirmativo
Sejamos

AO PÔR DE NÓS

RENILDE FRAGA

Serás para sempre
o meu segredo.

Te escondo entre
as minhas pálpebras
cansadas
e adormeço no teu colo
todas as noites.

Como é difícil abrir
os olhos
e impedir que
de dentro de mim a tua luz
escorra e alumbre o universo.

Ao amanhecer
me carregas nos teus
braços sagrados
e dançamos,
dançamos, dançamos
até o pôr do sol,
dançamos
até o pôr do mundo,
dançamos
até o pôr de nós.

Dançamos.

AQUI DENTRO

RICARDO PEGORINI

Já faz seis dias que não saio
da aridez deste encantamento.
Já decorei todos os tacos do assoalho
e as rachaduras deste apartamento.

Os dias não parecem ruins ou piores,
nem o clima, nem o tempo, nem o vento,
nem a condenação nos olhares,
nem a falta de sentimento.

Da janela do oitavo andar,
os problemas me parecem distantes.
Já não parece absurdo pular,
nem voar por um instante.

Fechei a porta do corredor,
joguei a chave no encanamento.
Minha vida desceu pelo elevador
e eu fiquei trancado aqui dentro.

NÓS CRÍTICOS DE NÓS

RILVA LOPES DE SOUSA MUÑOZ

Ao iluminar tantos dias comuns e singulares
Vemos que fios invisíveis estão tecidos
Vemos muitos nós de Natais passados
Entrelaçados desatinos que não merecemos

Enigmáticas curvas, desafios medonhos
Pois no fundo do poço tem um porão,
Onde dançam sombras e luzes foscas
Que nos fazem crer mas não saber
Que temos direito de ser honestos errantes

Cada passo pode cair em um nó
Cada sim, um labirinto sem fio-guia
Cada não, uma rota sem sinal
Moldando-nos entre cruzamentos
E nem sabemos para onde vamos

Enquanto silêncios ecoam estrondosamente
Para alimentar nosso vácuo
Os nós se apertam, testando a nossa fé
Horizontes forjados na vã filosofia

Sem olhar relógios alheios
Nem todos nós nos corrompemos
Só buscamos sentido em meio ao caos
Não fazer nada pode ser exaustivo
Como um hamster girando em uma rodinha
Ou um afogado em um mar de negação

Somos tecelões do destino, artistas de uma tela em branco
Em formas irrepetíveis, desenhando mapas num vasto céu azul
Ouvindo aquele sopro do estridente silêncio
Cada nó, um desafio, cada laço, um nó górdio,
Numa história fora de contexto antes de existir

Na confusão, respostas espreitam, insuspeitas,
Um reflexo, uma pista para nossa verdade única
Nós críticos, portas para o sorrateiro porvir
Enquanto o inferno congela, desvendamos nossos próprios medos
Enquanto fingimos apenas ler o cardápio

Nesta vida que sustenta a alma que mantém a vida
Somos só pessoas viventes em meio aos nós de sempre e de nada
Quem poderá nos defender de nós?

NÓS DE NÓS

🚢 RONALDSON/SE

Laço de março das tardes ensolaradas
atraca mais poesia?
o casulo d'ouro dessas tramas
(quarando ecos de éter e luz)
doem os nós do sol da voz do mar
– em nós?

nó simples, nó direito
nó cego, nó em cruz
nó pescador, nó de marujo
nó diagonal, volta do fiel
nó de mula, nó de cipó
nó de si, nó de nós
nó de tantos, nó de tonto
nó de noia, nó de nunca
nó de noite, nó balthus, nó atlântico
nó capa, nó de gravata
nó cavendish, nó de borboleta
– como doem os nós do sol do mar da voz
em nós: de tear, da rede de amar.

Laço do cadarço das tardes ensolaradas
enlaça mais poesia?
oh, coração lasso: naufrágio em contradança
)nó da trança, na garganta(

– paixão e afasia.

A SERRA DO ESPINHAÇO

ROSALIA CAVALHEIRO

Amalgamados na mesma escuridão infinita
Num ósculo de amor e ódio
O encrespado Caraça beija a Nimbus
CUMULUS!!! MIL RAIOS!!!

Trovões enraízam-se na crista de quartzo negro
O Gigante rochoso faísca sorridente
A tormenta preenche-lhe as fendas
Mergulhando nas suas entranhas

Aflorando em ferruginosos espelhos
Represada entre orquídeas e bromélias
Precipitam-se as águas dos rupestres paredões
Encaminhando-se a riachos e ribeirões

Onde pepitas de ouro foram coletadas
Por bandeirantes famintos e esfarrapados
O velho Fernão Dias encontrou pedras preciosas
Morrendo aos pés dessa serra rochosa

O sol penetrando seus vapores matinais
Revela campos de eterna primavera

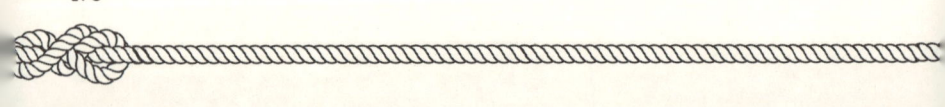

Salpicadas por sempre-vivas atemporais
Com suas cores inesperadas

Os cristalinos diamantes escondidos nas areias sedosas
Da face estriada do Caraça as gemas lacrimosas
Guardadas por velócias que sobre rochas vigilantes
Desafiam a gravidade deslumbrando viajantes

A SERRA DO MAR

🚢 ROSALIA CAVALHEIRO

A visão do imponente Pico do Jaraguá derramada sobre Indaiá
Ostenta em tardes verdejantes largo sorriso ensolarado
Outrora, ornado com guirlanda de nuvens cor-de-rosa amanhece
Observando o Oceano Atlântico em contemplativo deleite

Quando carrancudo com o cume na escuridão mergulhado
Pode-se ouvi-lo resmungar da humanidade em desagrado
Qual atenta sentinela da Serra do Mar é guarda solene
Esta muralha costeira do magma primordial descende

Gerada na turbulenta partição continental
Quando "tsunâmicós" titãs elevavam-se lendários
Irrompeu o Atlântico na afro-brasileira irmandade
Formando a cadeia de luxuriante majestade

Nas tropicais escarpas de floresta virginal
Os desbravadores europeus lograram penetrar
E das suas riquezas iniciaram o ávido pilhar
Ramalho foi o primeiro na tupiniquim jornada

Muitos padeceram escalando a mata fechada
Onde habita o mágico e misterioso jaguar
Entre os nativos americanos um deus peregrino
Espírito visionário das trevas o lumiar

O Chefe Cunhambebe II do nosso povo o paladino
Opôs feroz resistência à portuguesa supremacia
Despojado, humilhado e doente de morte
Amaldiçoou dos europeus nesta terra a sorte

NÓ DE PINHO

ROSANA DE MELLO GARCIA

É preciso desgalhar-se
inúmeras vezes,
criar nova casca,
cobrir-se de espinhos.
Aprender com o vento
os segredos de estalar
sem quebrar
sem partir-se,
sem partir.
De ranger e dobrar,
de deixar o golpe do tufão passar,
de esquivar,
de acolher a geada,
de crescer no través, engastado,
mobilizando das entranhas
seivas e resinas
para segurar, proteger, debulhar
e tornar-se cerne,
para só então
dançar a dança
da copa,
do sol,
do azul.

LABIRINTO

ROSANA DE MELLO GARCIA

Nós, que aqui chegamos
desconhecendo o caminho,
trazidos pelo vento, amarrotados pelo asfalto,
empoeirados de esperanças, aturdidos por espantos,
lavados pelas ondas, guiados pelo sol,
plenos de recomeço.

Aqui nos deparamos
com medos palpáveis, com tristezas emaranhadas,
com indiferenças ancestrais, com perguntas dilacerantes
e muros de uma solidez ensurdecedora.
Mas, porque éramos nós,
tão desgarrados, tão desterrados, tão rastaqueras,
só podíamos segurar as pontas, sacudir a poeira,
engolir em seco, lamber o choro,
ranger os dentes e não desistir.

Assim viemos, assim seguimos,
enquanto as tramas de incontáveis nós
sustentarem a rede que ampara nossos sonhos.
Enquanto estivermos conectados,
mesmo que confusos, um tanto cansados,
porque ainda desenrolamos os fios
urdidos nesse labirinto
que somos nós.

COMO DESFAZER ESSES NÓS QUE ESTÃO DENTRO DE NÓS?

ROSAURIA CASTAÑEDA

Houve um tempo em que o nós era apenas eu a sós
Eu e o primeiro amor, depois a primeira dor
Eu e o namorado que ficou no passado
Eu e alguém, só decepção... coisas do coração
Nós fortes, grudados, seguros, sem medo do futuro
Nós numa paixão cheia de tesão
Nós ignorando a presença, cheios de indiferença
Nós olhando a lua, com a pele nua
Nós numa tempestade de momento, ferido o sentimento
Como desfazer esses nós que estão dentro de nós?
Nós não é eu e você, e o que se tem pra dizer
Nós somos feito de tantos nós...
Naquele instante vivido todo o amor sentido
Aquela pessoa importante que nos arrepiou bastante
Ficou naquele momento apenas no pensamento
E a vida continuou, e outra pessoa se amou...
e o nós novamente surgiu e o encanto sumiu...
e a vida faz pirraça e o nós também passa
Todo amor sonhado com alguém encantado

que a gente sempre quis para ter final feliz
Fica pelo caminho, faltando aquele carinho
Queremos no mundo é viver o amor profundo
e, nessa busca incessante, a ilusão é constante
Por isso tantos momentos a dois ficam sempre pra depois
sempre à espera de quem vai ser nosso próximo nós...
E a sonhada felicidade, pra dizer bem a verdade
Será feita de outro nós do agora, pela vida afora...
Até que um certo nós de esperança, faça esquecer o nós da lembrança

MARÍ(N)TIMO
ROSE MACHADO

A voz
inconstante
das algas
vai me
levando
adiante.

A brisa
é um
sopro
que salga;

e o mar,
conta azul-distante,
ensaia coreografias
de me deixar
meio alta-

em estado
de diamante.

NÓS, FRAGMENTOS DE ETERNIDADE

🚢 ROSELI LASTA

Nós, tu e eu, por um frágil momento no tempo,
fomos mãe e filho.
Um instante breve demais,
como o sopro de uma vela,
mas intenso como o sol do meio-dia.
Nossa ligação, como o coração da terra,
palpitava com a força do amor.

Fomos amigos, cúmplices, risos e abraços,
um exemplo de amor puro,
a mais sincera amizade,
a presença que marcou.

Fomos o melhor de nós,
as tardes ensolaradas e o nascer do sol.
Fomos dia e noite, céu e estrelas,
a dança das constelações em nosso olhar.

Hoje, sou mãe e você, meu amado Alan Pietro,
és meu filho espiritual.
Nós, fragmentos de afeto,
partidos ao meio,
seremos eternamente um "nós",
gravados nas estrelas,
entrelaçados na eternidade.

ENTRELAÇOS

RUBIANE GUERRA

Enrosco em teus fios
Soltos
Frios
Mágicos
Macios

Laços nobres que permeiam a vida
Lentos espaços
Estreitos em respiros

Idênticas pontas
Ilustres processos

Nós dois
Entre nós
A sós...

MAR AMAR

RUY TOSTES NETO

Mar Amar
Amar como o mar
Não como ele ama, mas como ele é
Fonte de naufrágio e de toda a vida que existe na Terra
De tempestades assombrosas e calmarias inquietantes
Amar em ondas
Que levam e trazem altos e baixos
E fazem engolir água quem não presta atenção
Mas conduzem o surfista com estilo, calma e mansidão
Amar cada novo horizonte
Que se estende infinito em todas as direções
Que recebe o sol toda manhã
E o entrega para outros horizontes todo entardecer
Sem se apegar demais pois, amanhã, o sol vai nascer
Amar igual à vida marinha
Microscópica como o krill ou colossal como a cachalote
Mas sempre viva, respirando, crescendo e forte
Pois mesmo no frio das fossas mais escuras
Até mesmo lá há
Há mar
Amar

TARDES DE DOMINGO

SAMANTHA GRAZIELE SOARES

Hoje é domingo,
dia de bingo.
Dia de macarronada, feijão com farofa e salada.
Hoje é dia de estar feliz,
sentindo aquele calor.
Calor do coração,
que vem do amor.

Hoje é um presente,
família reunida.
Ver o poente em tons de laranja
ao som de violão,
conversando sobre a vida.
Cantando juntos uma mesma canção.

Hoje é dia de barulho,
de risadas.
Assistir ao céu do Cerrado,
comendo queijo com goiabada.

Hoje é privilégio,
um dia de domingo comum.
Um dia feliz,
onde juntos somos um.

ABRAÇOS

SANDRA MEMARI TRAVA

Abraços recebidos em lindas tardes de verão...
Acalmam a alma e revigoram o ânimo.
Nos fazem sentir a ternura de um amor desejado.

Abraços fortalecem e renovam as nossas forças.
Abraços nos tornam amantes da vida, amantes do outro,
Nos fazem sentir o calor do alento e do desejo.

Abraços curam no momento da dor.
Nos fazem lembrar de pessoas queridas...
No intuito de acalmar e consolar...

Abraços tiram o medo da partida e da chegada.
No leito de dor, renovam as forças
Oferecem a esperança de uma nova vida.

Abraços curam, fortalecem, renovam
E revigoram as nossas forças.
Abraços se entrelaçam como fios conduzidos pelo amor.

PERMITA-SE

SIMONE MACHADO

Permita-se buscar
Permita-se cuidar
Permita-se chorar
Permita-se amar

Permita para parar
Permita-se respirar
Permita-se sonhar
Permita-se viver

Muitas vezes a rotina nos consome.
Esquecemos de cuidar do principal.
Todos têm prioridade, como sempre
e você fica pra trás e acha normal.

Mas você é a joia rara mais bonita
Necessita de cuidados, cuidados de amor.
Não esqueça de você, pois se você não se cuidar,
Ninguém vai, vai cuidar de você

Ame-se mais
Cuide-se mais
Se permita viver
Ame-se mais
Cuide-se mais
Pense mais em você
Se você não se cuidar, ninguém cuida de você

AMOR ENTRE DUAS ALMAS!

SIMONE ROMANO

Nas manhãs ensolaradas
Ou no temporal descompassado
Vislumbro sua beleza
Através da nossa foto
Elevo meus pensamentos a Deus
Agradecendo a oportunidade
De meus olhos poderem contemplar
Sua beleza
Repito em alto e bom tom
Diariamente olhando para nós
"Eu te amo, verdadeiramente"
Pedindo a Deus
Que meu Amor te abrace
Te cure
Te envolva
E te proteja de todos os males!
Assim sossego minha alma
Sabendo que meu Amor pode te curar
E te abençoar!

APELOS DE UM RIO

SUETÔNIO MOTA

Não destruam minha nascente, pois é lá que inicio minha jornada.

Não me poluam com esgoto e lixo, pois quero lhes oferecer água limpa para seu consumo, para sua recreação e para outros usos.

Não removam a vegetação das minhas margens, pois ela me protege e serve de espaço para amortecer minhas cheias.

Não me canalizem, pois tenho que manter minhas condições naturais para preservar os organismos que abrigo.

Não me aterrem, pois necessito escoar livremente.

Não mudem meu percurso, pois um dia eu procurarei o meu caminho original.

Não construam nas minhas margens, pois eu não quero invadir suas casas.

Eu quero existir para vocês, e não contra vocês.

COEXISTÊNCIA

TATO CARBONI

Aquele verde cintilante, luminoso,
Ainda não amadurado,
Rompeu a pele do corpo
E pousou na tela, fazendo lá a sua morada.
Pediu auxílio ao pincel,
E construíram juntos ninhos com outras cores e tons
Indo num degradê do mais opaco ao translúcido...
Solicitaram ajuda à linha
Teceram folhas, ramos, arbustos, campinas.
Entrelaçaram-se com texturas e movimentos,
E fizeram paisagens prenhes de sonhos...
É preciso que uma cor estenda a mão à outra,
E também à linha, à textura e ao movimento!
Aos poucos vão construindo enlaces, vínculos, afetos!
Terão futuro se não falarem em "nós",
Em solidariedade, cooperativismo, coletividade...?
Uma cor sozinha não produz uma obra-prima!
Mas ao se permitir ir além,
Encontra ecos iluminando outros seres
Do mesmo modo como se ilumina
Ao ultrapassar a barreira do pequeno eu
Antes vil, solitário e mesquinho,
Agora generoso, fraternal e nobre!

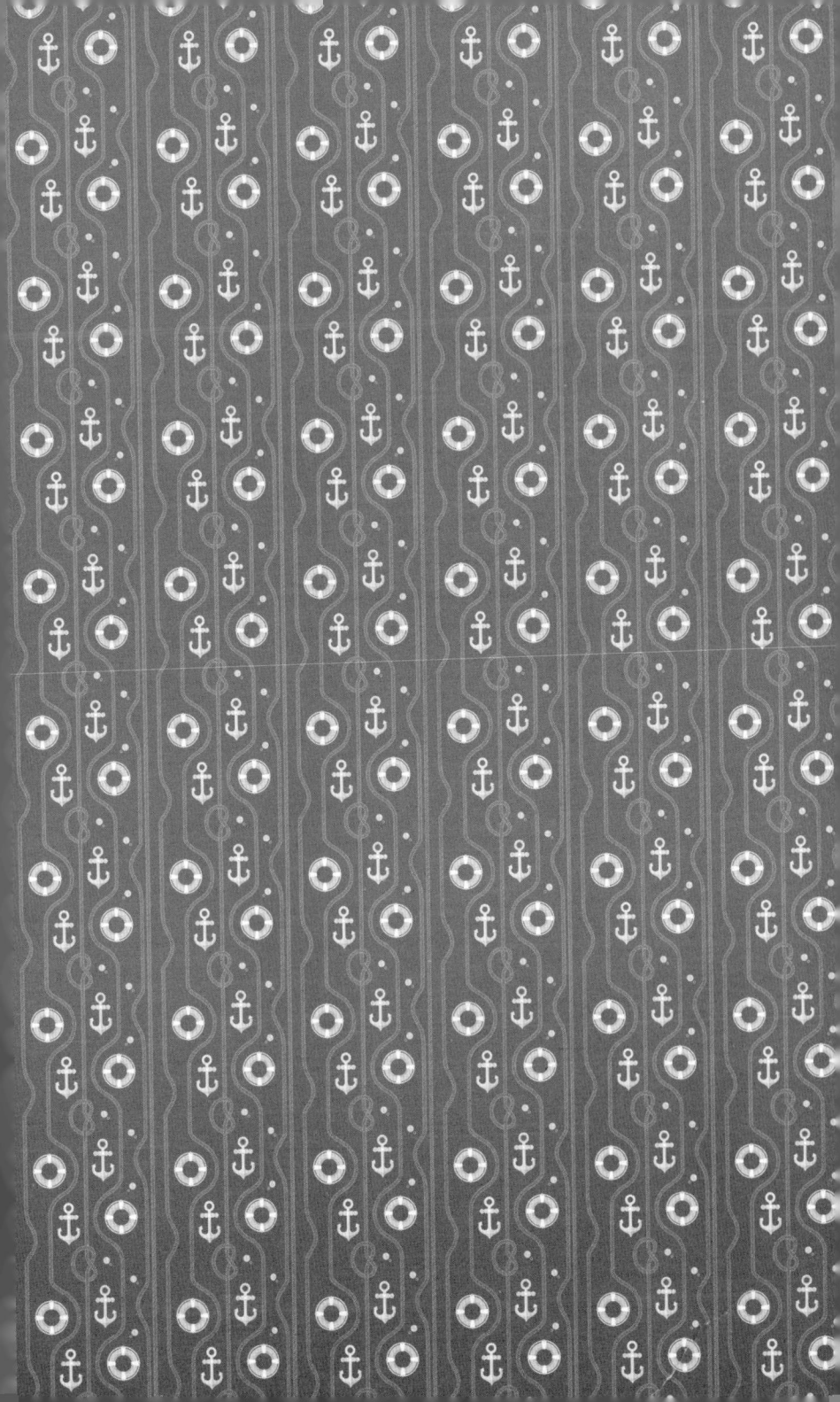

ASSIM VIVO O AMOR

VALDENILSON WOITECHEN

Vivo o amor como a criança vive a brincadeira,
Sem pressa de acabar, sem se importar com o tempo a passar,
Horas a correr revelando que já é tarde,
O sol se pondo, os pássaros aconchegando-se em esconderijos noturnos,
As luzes se apagando.

Vivo o amor como se fosse para o mudo a palavra que não consegue dizer,
Para o sonhador, o amor que não consegue esquecer,
Para a poesia do poeta que não está no papel, mas vive a atormentar o pensamento.

Vivo o amor como o amante vive o proibido,
Com beijos, carícias, desejos...
Vivo este amor por querer amar,
Por ter um coração no peito que não consegue viver sem sonhar,
Por pensar que a vida pode ser diferente,
Por acreditar que as pessoas possam confiar.

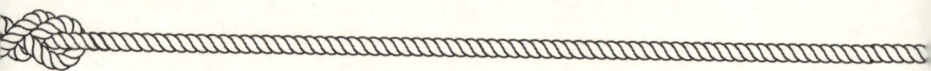

Acreditar que o amor é assim,
Diferente do teu, do meu ou do deles.
Vivo este amor vivendo a vida,
Vivo este amor porque você também vive,
Longe, perto, dentro de mim.

É assim que vivo este amor.
Como criança, sonhador, poeta, amante.
Vivo este amor, pois você também vive.

CONSTRUIR AMOR

VALDENILSON WOITECHEN

Encontro-me num universo de emoções,
Tem medos, desejos, segredos...
Tem sombras, tem luz, tem noites e luar... tem sol...
Encontro-me num universo infantil,
Tem brinquedos, brincadeiras, rodas e cirandas,
Tem pipas no céu, tem doces e crianças...
Encontro-me num universo de paz,
Tem risos, tem encantos, tem bocas e vozes e cantos...
Tem som, tem tom, tem melodia e alegria.
A ideia do meu UNIVERSO
É compartilhar uma ideia de ação,
Fazer do papel o porta-voz, o primeiro construtor,
E da AÇÃO fazer surgir da folha o projeto de amor.
E construí-lo em meio à pobreza da alma humana,
A obra sonhada no papel, das minhas mãos em ação,
Construindo o amor entre os viciados, dominados,
abandonados,

E construir amor entre os órfãos, entre os pais sem filhos e uni-los,
E construir amor em meio à riqueza e DOAR o amor...
Ou trocá-lo por mais amor,
Pois do universo que conhecemos, nada temos,
Nem estrelas, nem luas, nem planetas...
Mas, no universo em que vivemos, temos tudo,
E tudo o que temos é só amor.

PRO DIA QUE VEM

VALQUÍRIA CARBONIÉRI

Ser entrega,
Ser medo,
Ser expectativa e sonho...

Se deixar levar,
Se jogar,
Se armar e proteger...

Se "ser",
O que puder ser,
Como puder ser,
Como quiser ser,

Mas sempre,
Ser...
Mãe.

INFINITA LUZ

VALTERLUCIO BESSA CAMPELO

Quando ela veio, caminhava com a luz
Entre as duas, ali eu me pus,
Uma explosão, um tiro de obus

Um dia, sem rumo, era a luz e eu
Entre mim e a luz ela se meteu
Sob a claridade algo morreu

Morreu a tristeza, a melancolia
As cartas, a bebida, a ressaca do dia
Anunciaram com medo a luz que viria

A beleza, a carne, a cama, o torpor
A esperança na luz, seja lá como for
O tempo correndo encharcado de amor

Os rios, as estradas, o fogo que seduz
Horizontes sem cor, alguns corpos nus
A alma doída, apartada da luz

Um golpe na testa, a cara no chão
A morte dançando na escuridão
O espírito reato grita que não

O mar, o barqueiro e a cruz
Um aceno de longe na contraluz
Voltar, voltarei, açoitado de luz.

AO SABOR DAS ONDAS

VIVIANE LIMA

A areia clara e fina nossos pés confortam e afagam
A distância, o horizonte se agiganta
No claro dia que promete e se levanta
Vento brando, céu imaculadamente azul.
Barcos zingam e flutuam no mar, atrevidos
Afagam nossos olhares atentos no constante vaivém
Ao ritmo das marés rumam ao sul decididos
Pescadores, banhistas e curiosos se interagem no momento
Da luta árdua contra o vento que, enfim, se acalma
As redes são então lançadas ao mar
Na união de mãos fortes, a tarefa é executada
Os nós entrelaçados no artesanato cuidadoso dos fios
Se empoderam em força comum numa só missão
O vigor nos braços fortes
Rege a ação com precisão
Não há cansaço nos dedos calejados,
Feridos com sangue e dor
No ato de esforço e determinação
Só um único propósito
Trazer o fruto da pesca a seu destino final:
Suor, fadiga, exaustão

Alimentar aqueles que aguardam além do oceano
No final de um dia ensolarado e quente de verão

NÓS

VLADIMIR QUEIROZ

E o mar seguia agitado a destroçar as naus sem amarras;
sem que os nós ao mastro dessem firmeza e das adriças
se erguessem as velas para ao vento navegar sem rumo.

São os laços que garantem toda a maestria da pujança
pois se te jogas aos desafios em correntezas bravias destarte,
sabes da força do nó dado, que denota todo o cuidado aos passos.

Se para as andanças é plena a certeza de que pelos desígnios
nunca estarás a sós, pois os enlaces ao entorno das tardes
garantem a riqueza das trocas que partilham o vociferar das vias,

destronarás os nós que embaraçam as lidas e seguirás a jogar linha
por sobre os pedregulhos a encompridar a vida...

NÓS ENTRE NÓS

WAGNER CAPRINI

O destino me escolheu
Depois de tanta coisa ruim acontecer
O nó da garganta desapareceu

Me trouxe você
Pra espantar o frio e me aquecer

Um nó forte nos uniu
Onde havia tristeza agora só resta beleza
E tudo que era ruim ruiu

Medo de perder você
Pessoa que me fez perceber
Que mais nós eu tinha que fazer

Pus muita força ao apertar
Com receio de arrebentar
Pra não desatar
E nunca de ti me afastar

Ainda não estou satisfeito
A quantidade de nós é grande
Pois bate em meu peito
O medo de te ver distante

Só vou tranquilizar
Se o destino me ajudar
A mais nós poder dar
Sem precisar explicar

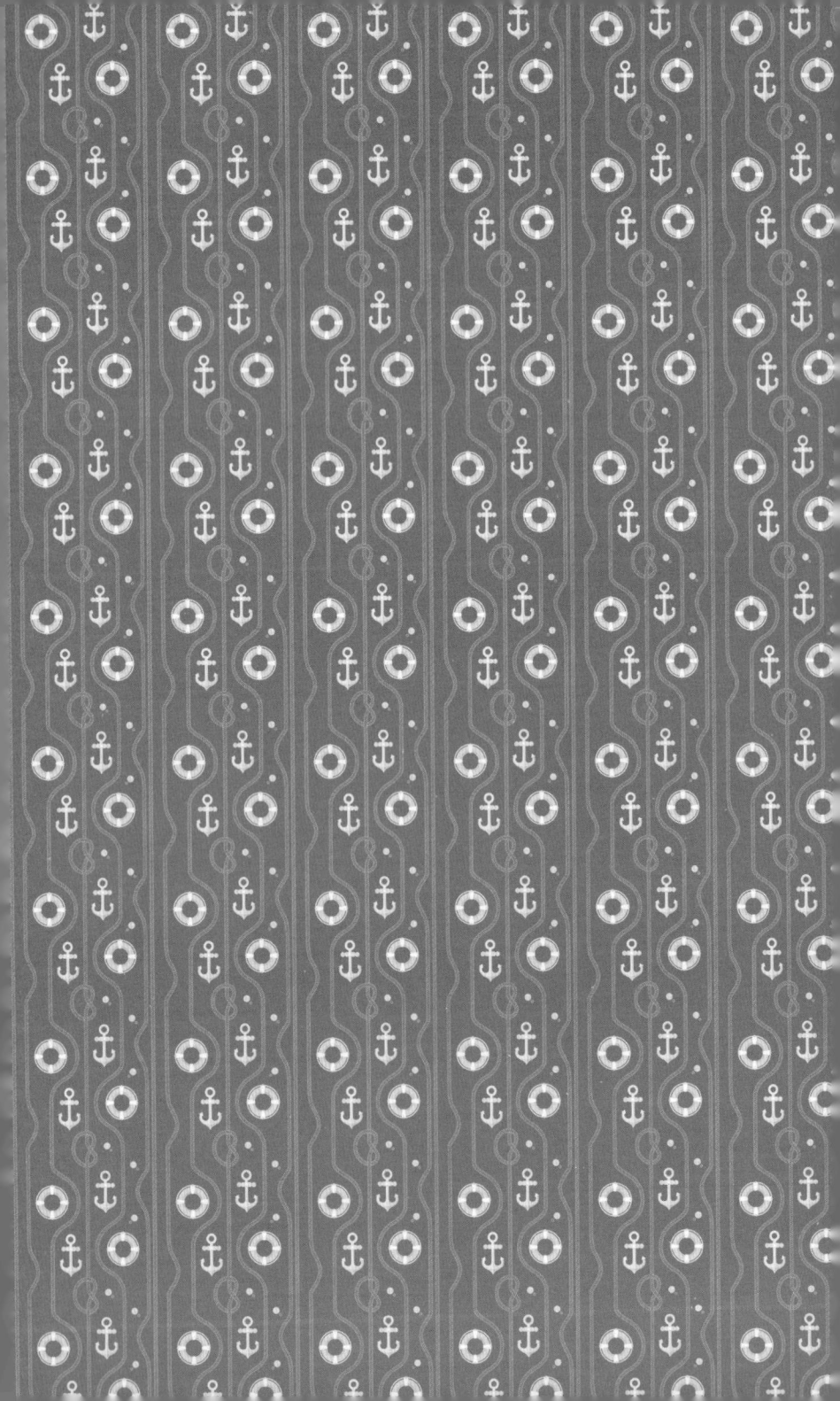

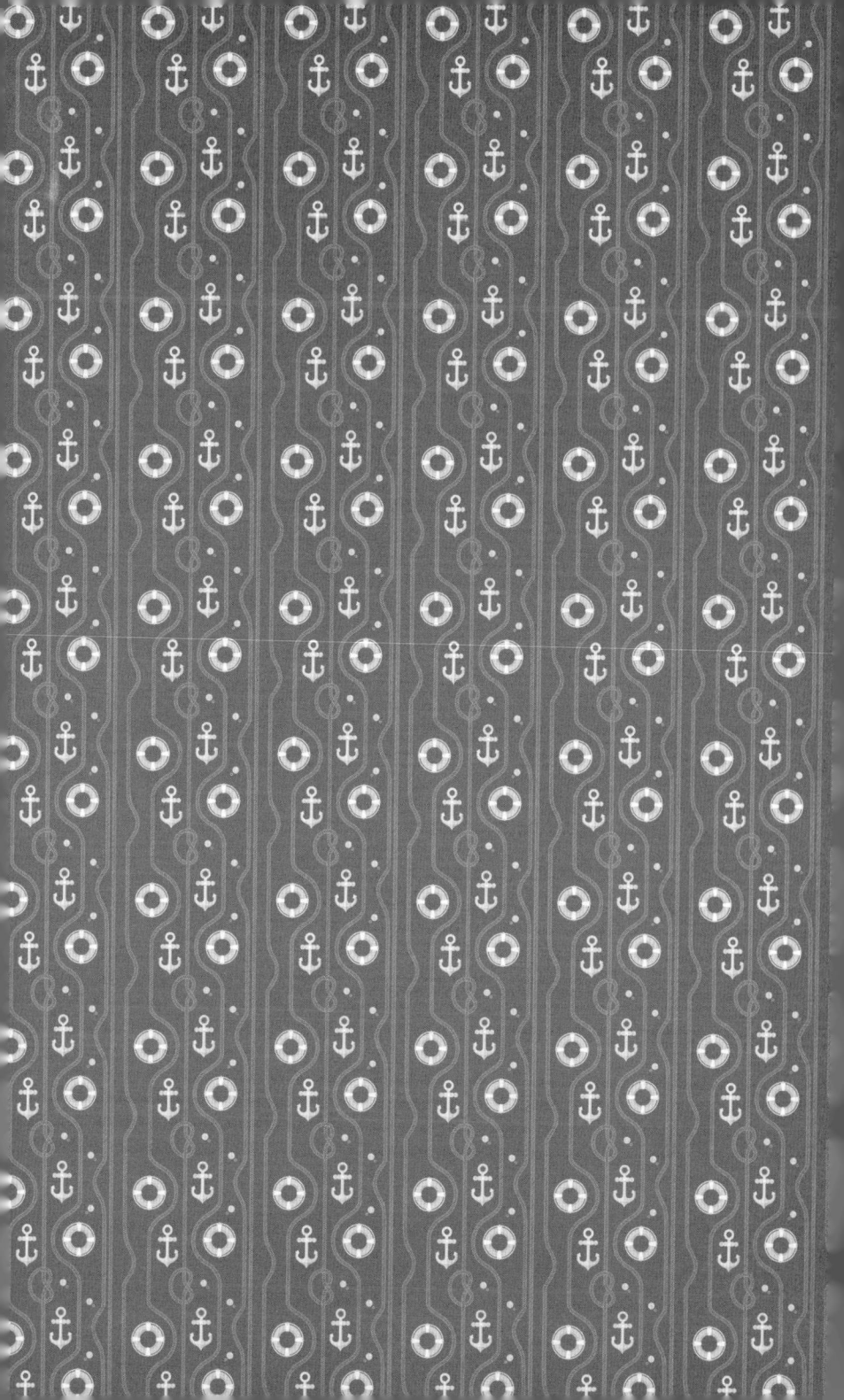

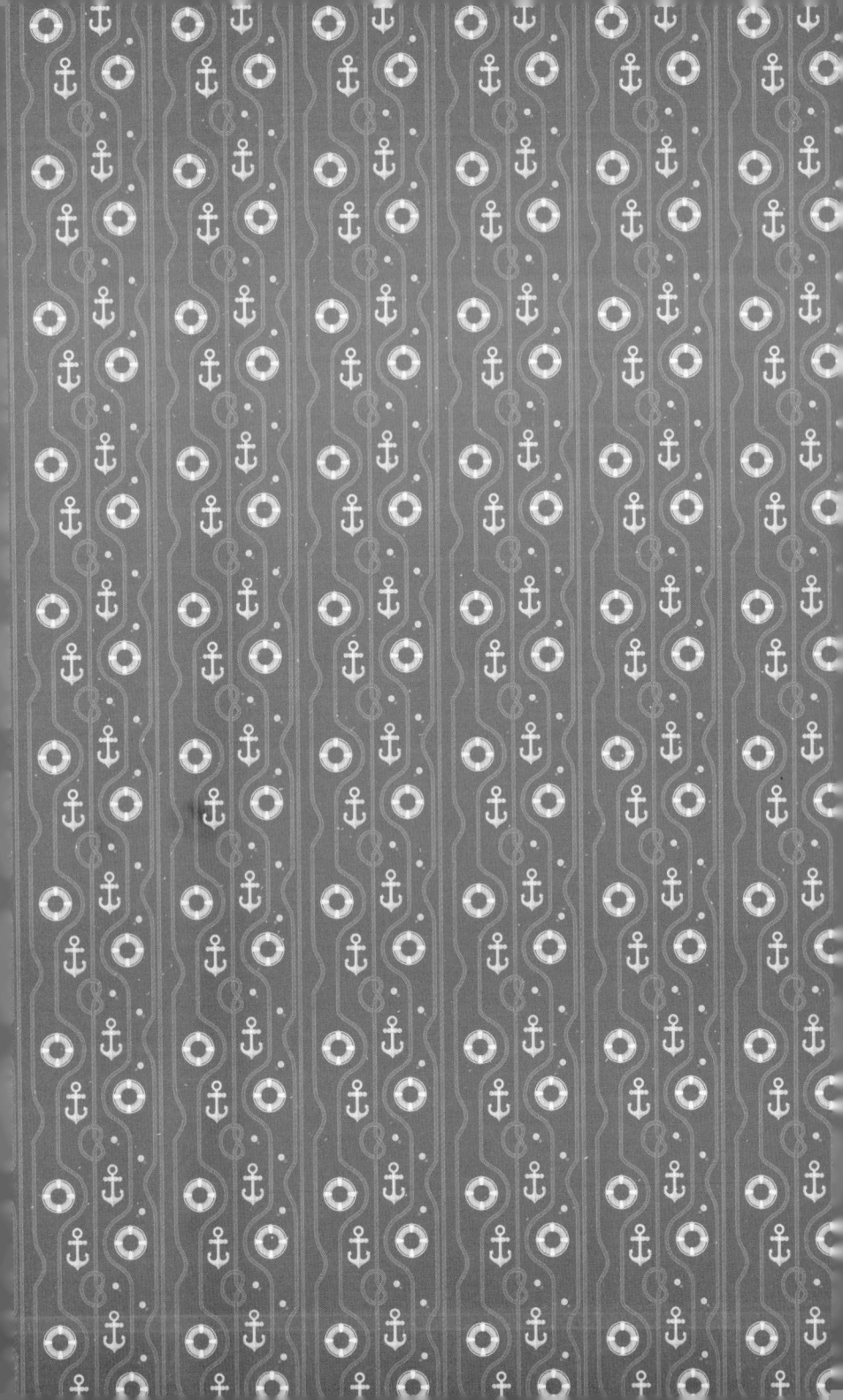